EL TALLER
DE LOS DULCES
SUEÑOS

PARK CHO-EUN

EL TALLER DE LOS DULCES SUEÑOS

Traducción de Camila Hidalgo

PLAZA JANÉS

Papel certificado por el Forest Stewardship Council®

Penguin
Random House
Grupo Editorial

Título original: 꿀잠 선물 가게

Primera edición: mayo de 2026

© 2024, Changbi Publishers, Inc., por el texto y las ilustraciones
Escrito por Cho-eun Park e ilustrado por Moza
Publicado originalmente en coreano por Changbi Publishers, Inc.
Edición publicada por acuerdo con Changbi Publishers, Inc. y The Grayhawk Agency Ltd.
a través de International Editors y Yañez' Co.
© 2026, Penguin Random House Grupo Editorial, S. A. U.
Travessera de Gràcia, 47-49. 08021 Barcelona
© 2026, Camila Hidalgo, por la traducción

Printed in Spain – Impreso en España

ISBN: 978-84-01-03967-6
Depósito legal: B-4.378-2026

Compuesto en Mirakel Studio, S. L. U.

Impreso en Gómez Aparicio, S. L.
Casarrubuelos (Madrid)

L039676

Índice

Prólogo

Si te asomas al taller de los dulces sueños, siempre encontrarás a su propietario, Oslo, profundamente dormido. Algunos días duerme tumbado en la cama, otros sentado en el sillón. A veces, se pone un antifaz o se queda abrazado a un peluche mientras se amodorra. Es algo preocupante, podría entrar un ladrón y no se daría ni cuenta. Cuando un cliente llega al taller, Oslo se despierta sobresaltado por el sonido de la campanilla de la entrada. Después se esfuerza por disimular, pero todos los clientes pueden notar que acaba de abrir los ojos. Por suerte, la mayoría piensa: «Bueno, si el dueño es así de dormilón, ¡seguro que sus productos me ayudarán a dormir profundamente!».

Y no es que Oslo empezara de repente un día a sentir somnolencia, en realidad desde pequeño tuvo el sueño pesado. De bebé, nunca lloraba ni montaba berrinches cuando tenía hambre, simplemente dormía. Sus padres se pasaban el tiempo acercándose a comprobar si todavía respiraba. Por supuesto, él solo estaba descansando plácidamente, dando suaves ronquiditos.

Nada cambió demasiado cuando empezó el colegio; caía rendido con facilidad a la menor oportunidad. Muchas veces se dormía en el autobús y se pasaba su parada (aunque, por suerte, cuando hizo amigos que cogían el mismo autobús, estos incidentes disminuyeron). Durante las clases, como era de esperar, se le cerraban los ojos con asignaturas aburridas como Lengua, Inglés o Matemáticas, pero también le entraba sueño mientras jugaba a la pelota en clase de Educación física. O incluso mientras hablaba con sus amigos. ¿Qué más se puede decir?

A él le encantaba dormir, pero era bastante problemático hacerlo en cualquier lugar. Por esa razón, reflexionó seriamente para descubrir qué situaciones le producían sueño. Después de una investigación muy larga (ya que ponerse a pensar le resultaba soporífero), averiguó algo importante: «¡Al parecer me pasa si estoy quieto más de cinco segundos!».

Así que se dedicó a buscar formas de mantenerse despierto: probó a jugar con su pelo, a tirarse de las orejas y a mover los dedos de los pies. Lo que mejor le funcionaba resultó ser dar repetidos golpecitos con los dedos índice y pulgar de su mano izquierda una vez cada cuatro segundos.

Con este método, lograba mantenerse despierto durante momentos cruciales. Se dormía en clase con menos frecuencia, y finalmente pudo mantenerse alerta lo suficiente para acabar los exámenes. Sin embargo, esto no quería decir que se hubiera convertido en una persona normal que conciliaba el sueño únicamente por la noche. Si perdía la concentración y dejaba de dar golpecitos con los dedos, inevitablemente volvía a cerrar los ojos.

La etapa escolar de Oslo no fue fácil, pero tampoco se puede decir que fuera extremadamente complicada, ya que todos entendían su problema. Las verdaderas dificultades comenzaron una vez que terminó sus estudios. Ahora era un adulto, y como tal tuvo que pensar a qué se quería dedicar. Debía elegir con cuidado, ya que existía la posibilidad de que se quedara dormido mientras hacía cualquier tarea, y no quería causar molestias o ser un peligro para sí mismo u otras personas.

Intentó prepararse para el mundo laboral y probó a trabajar en algunas cosas que no le interesaban demasiado. Sin embargo, los empleos le duraban poco porque no le parecían adecuados para él. Un día, de repente, recordó algo que le había dicho su profesora de secundaria. Aquella profesora había decidido ser docente porque le gustaban los niños y se le daba bien enseñar. Decía que lo mejor era elegir algo que disfrutaras y para lo que fueras bueno. Fue una gran suerte que se acordara de su profesora durante aquel momento difícil, y aún más que estuviera despierto cuando ella compartió ese consejo.

«¡Ya está! Elegiré un trabajo que disfrute y para el que sea bueno. Lo que más disfruto es dormir, y también es lo que mejor se me da. Así que no cabe duda de que debería dedicarme a algo relacionado con dormir».

Oslo siempre había sido habilidoso y desde que era estudiante le encantaba hacer todo tipo de manualidades y regalárselas a sus compañeros de clase. Por ejemplo, almohadas mullidas o suaves antifaces de tela. Lo hacía porque quería ayudar, aunque solo fuese un poco, a los compañeros que a menudo no podían conciliar el sueño porque estaban preocupados por los exámenes o el futuro. Para él dormir era algo fácil y agradable, pero para muchas de las personas que le rodeaban no era así.

De este modo decidió crear un lugar para ayudar a quienes padecían de insomnio. Ya habían pasado tres años desde que el taller de los dulces sueños abriera sus puertas y, a pesar de que no era un negocio en el que la cola diese la vuelta a la manzana, había conseguido cierto renombre y contaba con una clientela regular.

Oslo no se preocupaba por quedarse dormido durante las horas de trabajo porque contaba con la ayuda de Yaya el búho, a quien había conocido a través de un misterioso encuentro. Yaya se convirtió rápidamente en su ayudante de confianza y ya lo consideraba de su familia. Gracias a que Yaya se encargaba del negocio cuando Oslo se quedaba adormilado, el taller siempre daba a sus clientes una cálida acogida.

Hoy, Oslo también se encuentra durmiendo dentro del taller de los dulces sueños. Está haciendo precisamente lo que más disfruta y lo que mejor se le da.

El reloj centenario

Primer cliente

El ambiente en el interior del taller de los dulces sueños era cálido y acogedor. El agradable crepitar de la chimenea en una esquina, el sillón de Oslo y el sofá para los clientes contribuían a crear una atmósfera relajada. En el alféizar de la ventana, las macetas que Oslo cuidaba con esmero descansaban una al lado de la otra. Si abrías la parte superior de la ventana, podías sentir cómo entraban la cálida luz del sol y la brisa fresca.

Una de las paredes era completamente de vidrio y constituía el elemento más cautivador del taller. Durante el invierno, a través de ella se podía contemplar cómo la nieve se amontonaba suavemente; en primavera y verano, las flores y las plantas en todo su verdor; y, en otoño, las crujientes hojas rojizas. Al otro lado del cristal se extendía un pequeño jardín rodeado por una valla, en cuya esquina había una mesita. En primavera y otoño, Oslo solía salir a pasear por él o a tomar un té mientras conversaba con los clientes.

La pared de al lado del sillón de Oslo estaba casi enteramente ocupada por una gran vitrina llena de objetos. Estos objetos, que atraían los sueños, brillaban con un cálido resplandor similar a la luz de la luna, lo que confería al taller una atmósfera misteriosa. Los que eran demasiado grandes para la vitrina se encontraban junto a esta, ocultos tras una cortina. Cada vez que la cortina se movía, el lugar se iluminaba con un brillo lunar.

—¡Bienvenido!

Al oír la campanilla de la entrada, Oslo se levantó de un salto del sillón donde hasta un segundo antes había estado cabeceando y saludó con aparente calma. No había podido quitarse del todo el antifaz, así que este le descansaba torpemente a mitad de la frente. Al verlo, Yaya se posó con delicadeza en su hombro y utilizó sus garras para acabar de ajustarlo.

Cada día que pasaba, Oslo estaba más a sus anchas en el taller, pero Yaya deseaba que no fuese tan dormilón cuando llegaba un cliente.

—¿Es este el taller de los dulces sueños?

—Así es. Adelante, por favor.

Oslo se había despertado del todo, así que guio al recién llegado hacia un mullido sofá. Después de tomarse un momento para organizar sus pensamientos, enfocó toda su atención en el primer cliente del día.

Sus ojos cansados, escondidos tras unas gafas de montura gruesa, delataban un ligero nerviosismo. Llevaba el pelo corto cubierto por una gorra, una sudadera gris con capucha y pantalones negros. Al parecer usaba la sudadera a menudo, pues tenía manchas en algunas partes. El cliente recorrió con la mirada cada rincón del taller con una mezcla de curiosidad e inquietud, observando con especial interés al búho que no se separaba del dueño del lugar. Con cierta sospecha, se sentó en el sofá que Oslo le señalaba.

—Es la primera vez que visita nuestro taller, ¿no es así?

—Sí, un amigo me dijo que aquí podría encontrar una solución para el insomnio.

—Ha venido al lugar indicado. Aquí hallará productos elaborados a mano que lo ayudarán a tener dulces sueños. Parece un poco cansado, así que le prepararemos un delicioso té caliente con miel. Lleva un poco de polvo mágico que le ayudará a descansar. Bébaselo todo y, después de hablar un poco conmigo, verá cómo se sentirá relajado y somnoliento.

A Oslo no le gustaba mentir a sus clientes, pero se consolaba diciéndose a sí mismo que era tan solo un pequeño engaño para que pudieran lograr un sueño reparador. En realidad, el té con miel no poseía ningún tipo de magia, pero extrañamente la mayoría caían rendidos poco después de beberlo.

«Debe de ser el ambiente relajado del taller, sin duda tiene efecto placebo», pensó Yaya para sus adentros, mientras observaba al nervioso cliente y le entregaba el té con miel y una almohada de plumas. Las garras de Yaya eran muy delicadas, lo que le permitía llevar bebidas sin derramar ni una sola gota, algo de lo que se enorgullecía enormemente.

—Un búho me acaba de servir el té... Qué lugar tan interesante —murmuró el cliente mientras recibía la taza. Pero, aún un poco dubitativo, en lugar de beberlo, continuó—: ¿Existe la posibilidad de que jamás despierte? Vine hasta aquí con la esperanza de curar mi insomnio, pero quizá...

Al oír estas palabras, Oslo y Yaya intercambiaron una mirada rápida. Era su código silencioso para saber que debían calmar a los clientes que entraban en pánico.

—Últimamente muchos de los que visitan nuestro taller ya conocen nuestros métodos, así que no le he explicado cómo funciona todo desde el principio. Lo siento mucho, debí haber sido más atento. Una vez beba nuestro té con miel y se quede dormido, mi asistente Yaya el búho entrará en sus sueños para averiguar qué es lo que impide que descanse, como preocupaciones o remordimientos. Este es un té mágico que le ayudará a conciliar el sueño brevemente, solo para que podamos ver qué ocurre en su subconsciente —explicó Oslo.

—¡Así que el búho se llama Yaya! Y entrará conmigo en mis sueños… ¡Fascinante! Aunque me preocupa un poco lo que pueda encontrar.

Al parecer el cliente continuaba vacilante, así que Oslo lo tranquilizó:

—No tiene de que preocuparse. Yaya únicamente puede ver los problemas relacionados con su insomnio. Él viajará a su subconsciente para encontrar el origen oculto de las complicaciones que estén perturbando sus sueños, nada más. No va a hurgar en otros espacios de su mente.

Otro de sus secretos para reconfortar a sus clientes e inspirar confianza en ellos era precisamente su tono de voz, grave y profundo. A su lado, Yaya se acicaló el pico y guiñó un ojo con expresión tímida. Oslo acarició la cabeza del búho antes de continuar:

—Y puede parecer extraño, pero mientras Yaya entra en los sueños, si utilizo este antifaz de búho, yo también puedo ver todo lo que él ve. Así es como descubrimos el origen de su insomnio y podemos recomendarle un objeto que se ajuste con exactitud a lo que usted necesita. Por cierto, yo elaboro a mano todos los que hay en el taller.

Oslo dio un ligero golpecito al antifaz de búho que llevaba sobre la frente y sonrió. El cliente asintió con expresión desconcertada y dio un pequeño sorbo a su té.

—¿Ha venido desde lejos?

—Sí. No podía dormir, así que he pasado despierto toda la noche y, a primera hora de la mañana, he decidido venir aquí. Supongo que es el estrés de los exámenes, pero no puedo pegar ojo —reveló el cliente con un suspiro, quitándose la gorra y revolviéndose el pelo.

Con frecuencia, las personas eran reacias a revelar mucho de sí mismas, quizá debido a que no sabían cómo convertir sus pensamientos en palabras. Oslo intuyó que ese era el caso de este cliente, y que no sería fácil hablar de lo que le angustiaba.

—Debe de estar agotado. Gracias por venir desde tan lejos.

El cliente desvió la mirada hacia la ventana, desde donde alcanzó a ver a los vecinos dando un paseo por el barrio: había estudiantes del brazo riendo a carcajadas, como si algo les divirtiese mucho, y a lo lejos alguien paseaba a su perro. Le pareció que hacía mucho que no reparaba en el día a día, ni se sentaba en el alféizar de la ventana a tomar el sol y sentir la brisa…

De repente se dio cuenta de que había estado dejando de lado los pequeños placeres de la vida. Los recuerdos del tiempo transcurrido se desplegaron como pequeños capullos que florecían uno a uno y, sin darse cuenta, se quedó dormido.

Al ver al cliente, Oslo exhaló profundamente. Deseaba tomar sus preocupaciones y reemplazarlas con un sueño cálido y reparador.

Como era costumbre, apenas los ojos del cliente se cerraron, Yaya se preparó para el siguiente paso. No mucho después de haber empezado a trabajar en el taller de los dulces sueños, había descubierto su habilidad especial: al acercar su cabeza a la de un cliente dormido, ¡podía entrar en sus sueños!

—Que te vaya bien, Yaya —dijo Oslo, acariciando las alas del búho.

—Así será. Regresaré antes de que el resto del té se haya enfriado —respondió Yaya, esponjando sus plumas.

Siempre había alardeado de su peculiar talento frente a los clientes, y en esta ocasión también se sentía confiado. En realidad, las personas comunes y corrientes no podían comunicarse con Yaya. Oslo, quien conocía al búho desde hacía mucho tiempo, era el único capaz de lograrlo. Yaya se relajó y se acercó al cliente, que descansaba plácidamente. Recostó su cabeza contra la de él con suavidad.

—Voy a entrar —dijo, y voló hacia el país de los sueños.

En aquel momento, los enormes ojos del búho se oscurecieron como el cielo nocturno y una misteriosa aurora se desplegó en sus pupilas. Su alma apareció envuelta en una capa y entró en la mente del cliente. Oslo, quien observaba el espectáculo en silencio, se sentó en su sillón y se puso el antifaz de búho para poder ver qué le aquejaba. Al usar aquel antifaz creaba un vínculo con el alma de Yaya, y era capaz de atisbar el mundo de los sueños que el búho estaba atravesando.

Los sueños del cliente eran oscuros y ajetreados. En ellos divisó la borrosa figura de un joven y pudo sentir las preocupaciones que hundían sus hombros. Buscaba trabajo. No

hacía más que estudiar todos los días. Bebía más café que agua y se quedaba en vela hasta bien entrada la madrugada. Después de un ligero descanso durante el cual se despertaba con frecuencia, se ponía a pensar en todas sus preocupaciones y le era imposible volver a dormirse hasta que salía el sol. Pensaba en aprovechar aquel tiempo para estudiar, pero estaba tan cansado que terminaba cayendo rendido sobre los libros.

El joven compartió sus problemas con un amigo:

—Últimamente no puedo dormir y eso me tiene en vilo. Apenas me tumbo en la cama, empiezo a pensar en los exámenes. ¿Qué pasa si después de varios años continúo en la misma situación? No estoy seguro de haber dado lo mejor de mí hasta ahora. Además, ha sido duro mudarse a una gran ciudad y tener que pagar un alquiler mensual. Las clases y los libros tampoco son nada baratos…

Su amigo le dio una palmadita en el hombro.

—Estás haciéndolo lo mejor que puedes. Cuando uno está angustiado, incluso las cosas en las que es bueno tienden a salir mal. Debes de estar muy estresado y por eso no duermes mucho.

Ante tales palabras el joven quiso llorar. Su amigo añadió:

—¿Has oído hablar del taller de los dulces sueños? Es un sitio muy popular entre las personas que no pueden dormir. Al parecer averiguan por qué te cuesta conciliar el sueño y te ayudan a encontrar una solución. Deberías ir alguna vez. ¡Anímate!

Él negó con la cabeza, pensando que no podía permitírselo, y se bebió su copa de un trago. Se sentía inquieto, así que se apresuró a volver a casa para estudiar lo que no había podido terminar durante el día. Se acostó pensando que, después de beber y estudiar hasta altas horas de la noche, por fin podría dormir.

«Estoy agotadísimo pero no puedo pegar ojo, ¿y por qué me duele tanto la cabeza?».

Después de varias horas, seguía sin conciliar el sueño. La idea de que otros compañeros aún siguieran estudiando en ese momento le martilleaba la cabeza.

«Queda poco para el examen. ¿Estaré lo suficientemente preparado?».

A medida que su ansiedad e inquietud aumentaban, las horas de insomnio se alargaban. De repente, recordó el sitio que había mencionado su amigo. No tenía nada que perder, así que decidió ir a ver de qué se trataba. Sin haber pegado ojo, se preparó y salió de casa tan pronto como amaneció.

El alma de Yaya extendió su capa y voló fuera del mundo de los sueños. En el taller, el cielo nocturno reflejado en los ojos del búho se despejó y estos recuperaron su brillo original. Ahora Oslo y Yaya comprendían la situación del cliente, para quien incluso sentarse en un cómodo sofá era causa de angustia y dormir acarreaba sentimientos de culpa.

Al cabo de un momento, el joven se despertó con una expresión algo más relajada.

—Siento que he descansado por primera vez en mucho tiempo. ¿Cuánto he dormido?

—No se preocupe, no ha sido mucho. ¿Se siente un poco mejor?

—Hacía tiempo que no me sentía tan revitalizado… Ese té con miel debe de ser realmente mágico.

Aunque el té no tenía ningún poder especial, Oslo esbozó una sonrisa pensando que tal vez sí que poseía algo casi mágico que se colaba con delicadeza en el corazón de las personas.

—Me alegro. Ahora déjeme recomendarle uno de nuestros objetos. ¿Le importaría acompañarme?

Oslo guio al invitado, que se estiró con una expresión visiblemente más relajada, hacia la vitrina. La luz de la luna brillaba suavemente sobre los objetos expuestos.

—Vaya, tienen cosas muy bonitas.

Al oír las palabras del cliente, Oslo sonrió con evidente orgullo.

—Le recomiendo la caja de música de la luna llena que le deleitará con su melodía del amanecer. ¿Le gustaría probarla?

El cliente recibió una caja musical con un diseño tan elaborado que costaba creer que hubiese sido hecha a mano. Tenía forma de luna llena, y era tan detallada que incluso se lograban ver sus cráteres. Brillaba con intensidad, como si tuviese la propia luna ante sus ojos. En su interior saltaban pequeños conejos lunares y una suave luz, mezcla de gris y plata, formaba un halo a su alrededor. Al abrirla, resonó una música curiosa; a la vez alegre y sombría, melancólica y animada. Escucharla le transmitió una sensación de calma, al igual que cuando bebió el té con miel, y sus párpados comenzaron a cerrarse.

—La caja de la luna llena es perfecta para personas con grandes preocupaciones, y además debo añadir que es el objeto más hermoso de nuestro taller. Reproduce melodías que recuerdan a la paz del amanecer para aquellas noches que no pueda conciliar el sueño por culpa de sus problemas. Si le da cuerda antes de dormir, conejos lunares aparecerán en sus sueños para preguntarle qué tal le ha ido el día y cómo se ha sentido. Al desahogarse con ellos, su corazón se sentirá mucho más aliviado. Después de todo, no hay nada mejor que despertarse tras haber tenido un sueño agradable.

—Es realmente preciosa. Me encantaría comprarla, pero ¿cuánto cuesta? —preguntó el cliente tras examinar la caja de música con curiosidad, y bajó la vista al oír el elevado precio que Oslo le indicó.

Al ver su reacción, este se dio cuenta de su error: no debía recomendar algo tan caro a un estudiante que no podía permitírselo. Se apresuró a coger otro objeto de la vitrina y a colocarlo junto a la caja de música.

—Pensándolo bien, creo que un reloj de mesa le vendría mejor.

El reloj era pequeño pero pesado, y transmitía un aire enigmático. Estaba hecho con madera y metal adquiridos en el mercado lunar, y su marco era extremadamente refinado. Cada uno de los objetos para atraer dulces sueños era elaborado manualmente por Oslo con materiales como madera, metal, hilo y tela. Aunque ponía mucho esmero en todos y cada uno de ellos, le había dedicado un esfuerzo especial al reloj de mesa. Se podía oír cómo emitía un leve tictac, pero las manecillas apenas se movían. Además no tenía números, por lo que era imposible averiguar la hora exacta.

—No sé… Creo que ya tengo demasiados aparatos para medir el tiempo: un reloj de pulsera, uno de mesa, un despertador e incluso un cronómetro.

Tenía varios relojes de diferentes tipos con los que se preparaba para sus exámenes. Era necesario aprovechar al máximo su tiempo y usarlo de manera eficiente, e incluso practicaba para responder una gran cantidad de preguntas lo más rápido posible.

—Este no es un reloj corriente: avanza muy lentamente. De hecho, tarda cien años en dar una vuelta completa —explicó Oslo, esbozando una leve sonrisa—. Ahora mismo, puede que se sienta atrapado en medio de un proceso muy lento y extenso, pero la vida es bastante larga. Espero que sienta un poco de paz y tranquilidad al ver cómo el reloj avanza pausadamente.

El cliente, que contemplaba el reloj que Oslo le había entregado, sonrió como si lo hubiese comprendido y dijo:

—Con razón es imposible ver la hora. Creo que este reloj se ajusta perfectamente al ritmo de mi vida. Por cierto, ¿cómo se le ocurrió abrir el taller de los dulces sueños?

La sombra que envolvía el rostro del joven se había ido disipando lentamente para dar paso a una expresión llena de curiosidad.

—Yo también pasé por un momento difícil en el que no sabía qué ocurriría con mi futuro —explicó Oslo con ojos brillantes—. En medio de la ansiedad intenté todo tipo de cosas y, aunque no fueron experiencias totalmente inútiles o sin sentido, se me hicieron intolerables, ya que no sabía por qué estaba luchando. Entonces, en un momento lo dejé todo y me pregunté sinceramente qué era lo que me gustaba y qué se me daba bien. Desde pequeño me había encantado dormir. Jamás necesité esforzarme por conciliar el sueño, y siempre tuve sueños dulces y reparadores. Eso me hizo comprender que era un poco diferente a los demás, pues la mayoría de las personas suelen tener dificultad para dormir cuando les asaltan sus preocupaciones, ¿no es así? Cuando mis amigos me confiaban lo difícil que les resultaba pegar ojo, yo les daba ánimos, pero nunca llegué a comprenderlos de verdad. Logré entenderlos, al menos un poco, cuando experimenté lo que era perder el sueño por primera vez. Fue entonces cuando decidí abrir un taller que reconfortara los corazones de aquellos que no pueden dormir. Al fin y al cabo, ¡dormir es lo mejor!

Tras escuchar su historia, el cliente sonrió con complicidad. La luz de la luna que envolvía el lugar parecía brillar de manera aún más vívida.

—Recordaré lo que me ha dicho hoy para darme ánimos. Supongo que llegará el día en el que yo también me pueda dedicar a lo que me gusta y se me da bien.

Oslo sonrió alegremente y asintió con la cabeza. Al salir del taller después de pagar, el joven caminaba un poco más erguido que cuando había llegado. Parecía que la carga que llevaba sobre sus hombros se había aliviado.

Si un reloj tarda cien años en completar una vuelta, no hay necesidad de apresurarse. Oslo deseaba que todos alcanzaran a comprender esa sencilla verdad.

Las cortinas invernales

Segunda clienta

Era una mañana agradable, y el canto de los pájaros anunciaba la llegada de un nuevo día. A pesar de los rayos del sol, hacía bastante frío. Oslo, que acababa de abrir los ojos, se puso un grueso cárdigan a cuadros sobre el pijama y se dirigió a la cocina. Unos días antes había comprado una buena cantidad de hierbas, jengibre y jojoba en el mercado lunar, y los utilizó para preparar un té medicinal para aquellos que pasan noches en vela debido a la sofocante y amarga realidad. Esperaba que al beberlo pudieran librarse de sus preocupaciones como quien se cura de un resfriado, aunque fuese en sueños. Después de todo, no hay nada mejor para la salud que un buen té. Lo vertió en pequeñas botellas decoradas con una luna creciente, pensando en dárselas de regalo a sus clientes, y probó un sorbo tras frotarse los ojos adormilados. Satisfecho, se estiró con energía.

—El sol debe de estar saliendo por el oeste. Si no, ¿por qué te has levantado tan temprano? —exclamó Yaya, parpadeando sorprendido, y voló para posarse junto a Oslo.

—Seguro que hoy también tendremos varios clientes. Parece que cada vez viene más gente —respondió Oslo, girando ligeramente el cuello.

A medida que pasaba el tiempo, su clientela iba aumentando. Esto le alegraba, pero a la vez se sentía inquieto, porque significaba que había más personas que experimentaban preocupaciones y ansiedad.

Aprovechando que se había despertado más temprano de lo habitual, se dirigió al taller rápidamente. Allí comprobó que hubiese suficiente miel y desempolvó la vitrina en donde se exhibían los objetos para atraer dulces sueños. Yaya lo entendió inmediatamente y ayudó barriendo las hojas que el viento había desprendido de los árboles en el jardín delantero durante la noche y limpiando meticulosamente las ventanas con un paño, pues se habían ensuciado con la fuerte lluvia que había caído unos días antes.

Libre de cualquier suciedad, el taller de los dulces sueños brillaba con intensidad. El fragante aroma del té medicinal llenaba el lugar, haciéndolo aún más acogedor. Una vez que la luz del sol iluminó el taller, el letrero de la entrada pasó de CERRADO a ABIERTO.

Tan pronto como Yaya volvió al taller, la puerta se abrió nuevamente con un tintineo de la campanilla y entró la primera clienta del día. Era una joven de unos veinte años, de cabello castaño corto, que vestía un cárdigan blanco y azul debajo de un abrigo grueso y llevaba un bolso en bandolera. Además tenía las mejillas sonrosadas, probablemente por el frío.

—Esto... Busco el taller de los dulces sueños.

Como todos los que visitaban el taller por primera vez, la chica echó un vistazo a su alrededor. Tanto de día como de noche, el lugar brillaba bañado por la delicada luz de la luna, por lo que los clientes solían quedar hipnotizados.

—Bienvenida. Pase por aquí, por favor —respondió Oslo con una sonrisa.

Afortunadamente, se había cambiado el pijama por una camisa a cuadros antes de que llegara la clienta.

La joven se dirigió hacia el sofá que le indicó, mirando a Yaya de reojo.

—Este es Yaya, nuestro asistente. En breve le traerá un té de bienvenida.

Oslo se había percatado de la expresión de curiosidad de la joven, y por eso se había apresurado a presentarle a Yaya. El búho regresó con una taza de té endulzado con miel.

—Vaya, un búho sirviendo el té. ¡Qué maravilla! Nunca había estado en esta parte de la ciudad. Cogí el autobús temprano esta mañana, me bajé en una parada cualquiera y caminé sin rumbo fijo hasta llegar a este lugar. Es mi primera vez por aquí, pero ya me ha cautivado. Es un vecindario tranquilo y a la gente que hay en las calles se la ve relajada. La verdad es que últimamente me cuesta mucho dormir. Un día estaba dando un paseo por la ciudad y por casualidad vi un folleto del taller de los dulces sueños. Supe sin duda alguna que podrían ayudarme a dormir bien, ¡así que decidí venir!

Esta clienta parecía sentir más curiosidad que ansiedad. Hablaba sin parar, moviendo las manos con movimientos amplios, como si intentara atrapar la energía del lugar, y, de vez en cuando, acariciaba las plumas de Yaya, que estaba posado en el hombro de Oslo.

—Estaremos encantados de ayudarla. Este es un té con miel mágico. Después de beberlo, se quedará dormida. Entonces, Yaya entrará en sus sueños y me ayudará a ver lo que ocurre allí. Pero no se preocupe, no podemos ver todo su subconsciente y tampoco hay peligro de que no despierte nunca ni nada por el estilo.

Oslo explicó todo esto con voz baja y amable, reprimiendo el deseo de revelarle que el té realmente no tenía propiedades mágicas, y añadió:

—¡También debo mencionar que solo tras haber visitado su subconsciente podremos recomendarle un objeto para atraer los sueños perfectos para usted!

Yaya le susurró algo al oído a Oslo. La clienta no podía entender el idioma del búho, por lo que Oslo se apresuró a traducir:

—Una vez que hayamos identificado la causa de su insomnio a través de sus sueños, le recomendaré algo que la ayudará a dormir. Había olvidado ese pequeño detalle y Yaya estaba recordándomelo. —Oslo rio.

—¿Quiere decir que el búho acaba de comunicarse con usted? Vaya, es un taller realmente maravilloso. Entonces disfrutaré de mi té. Huele tan bien que no puedo esperar para probarlo.

La joven estaba comentando lo cansada que se sentía por no haber pegado ojo en toda la noche cuando de repente se quedó dormida con una expresión placentera, como si, al haber entrado en el taller, todas sus preocupaciones hubiesen desaparecido por completo. Yaya voló desde el hombro de Oslo hasta la cabeza de la clienta.

—Volveré pronto. ¡Ponte el antifaz de búho! —dijo, apoyando su cabeza contra la de ella.

Oslo acarició tiernamente las plumas de Yaya y se dirigió a su sillón. En el preciso momento en que el búho juntó su cabeza con la de la chica, sus ojos se oscurecieron como el cielo nocturno y dentro de ellos onduló la aurora. Oslo se acomodó y se puso el antifaz. Era hora de ver cómo el alma de Yaya, con su capa estrellada, volaba hacia la tierra de los sueños.

Si tuviéramos que describirlo con algún color, podríamos decir que el subconsciente de la joven era similar al rosa pastel. Había unas cuantas nubes grises dispersas aquí y allá, pero su sueño seguía siendo cálido y suave.

Estaba sufriendo por un amor no correspondido. El rostro de su enamorado flotaba con un leve silbido en medio de sus sueños, y su corazón latía desenfrenado durante todo el día. Sus sentimientos estaban a punto de desbordarse, pero las circunstancias le impedían confesar su amor precipitadamente: sentía miedo por perder a su amigo de la infancia y por el dolor de un posible rechazo y, al mismo tiempo, la creciente emoción la mantenía despierta dando vueltas en su cama noche tras noche.

Yaya se ajustó la capa y examinó detenidamente el sueño de la clienta. De repente, una escena surgió ante sus ojos.

—¿Qué harás el fin de semana? —le preguntó un joven.

El corazón de la chica dudó ante aquellas palabras. Era una simple pregunta que antes habría respondido con naturalidad, pero que ahora le enredaba la cabeza. «¿Por qué me lo pregunta?», «Me encantaría que pasáramos nuestro tiempo libre juntos... ¿Debería invitarlo a aquella nueva cafetería?», «No, si de repente le pido salir, quizá se niegue...».

Los pensamientos flotaban en forma de nubes de diálogo y Oslo, con su antifaz de búho, era capaz de leerlos. La joven estaba pasando por un momento difícil, pues no dejaba de pensar en su enamorado, también mientras trabajaba o estudiaba.

«¿Qué haces?», «¿Ya has comido?». Había muchas cosas que quería preguntarle, pero tenía miedo de dar el primer paso. Antes solía escribirle por cualquier motivo, pero, ahora que sentía cosas por él, no podía enviarle ni siquiera un mensaje ocasional. Pasaba todo el tiempo dudando entre llamarlo o enviarle un mensaje, con miedo de proponerle salir a algún sitio el fin de semana. A veces también deambulaba por el barrio con la esperanza de encontrarse con él por casualidad. Los recuerdos surgían por doquier, y Yaya se topó con uno de ellos.

—Hola, ¡qué sorpresa encontrarte por aquí!

La chica se hallaba en la biblioteca local que él solía frecuentar. Lo sabía gracias a una de sus publicaciones en redes sociales, pero fingió que el encuentro era fruto de la casualidad.

—Sí, ¿verdad? ¡Cuánto tiempo sin verte! Los exámenes están a punto de empezar, así que me he venido a estudiar con un amigo. Pero tú ni siquiera vives por aquí, ¿cómo es que conoces esta biblioteca? —respondió él, aparentemente encantado de verla.

La joven, satisfecha con aquella reacción, pasó el día entero sonriendo para sí misma.

Yaya decidió permanecer un poco más dentro de los sueños de la chica para averiguar el origen de ese amor no correspondido.

Se conocían desde hacía mucho, se habían hecho amigos cuando eran pequeños y se habían vuelto tan cercanos que se pasaban el tiempo gastándose bromas. Sin embargo, después de terminar el bachillerato, ella había empezado a verlo con otros ojos. Comenzó a preocuparse por con quién se juntaba en la universidad y a sentir curiosidad por saber dónde estaba y qué hacía. Cuando cerraba los ojos para dormir, el deseo de confesarle sus sentimientos y el miedo a salir herida luchaban dentro de ella. Cuanto más crecían sus preocupaciones, más claro veía el rostro de su enamorado en su mente. Atormentada por estos pensamientos, no lograba pegar ojo en toda la noche y a menudo iba a su barrio a primera hora de la mañana con la esperanza de encontrarse con él por casualidad.

Yaya pudo ver cómo la joven, inquieta, se subía al primer autobús que encontró y, tras bajar en una parada al azar, deambulaba sin rumbo fijo. Se topó entonces con un folleto en el que ponía, con grandes letras: «¡Curamos su insomnio! Ofrecemos té con miel como bebida de bienvenida». Al levantar la cabeza, se encontró de frente con el taller de los dulces sueños. Como hipnotizada, dirigió sus pasos hacia aquel lugar.

«Vaya, es un folleto bastante viejo, es increíble que siga por ahí», pensó Yaya. Varios de los clientes regresaban con frecuencia. Aquel anuncio había sido creado por uno de ellos, empleado de una gran empresa, que había llegado al taller poco después de su apertura, incapaz de dormir debido a su afán por conseguir un ascenso. Después de que curaran su insomnio, había vuelto con los folletos como una muestra de su agradecimiento. Oslo inicialmente se había negado a aceptarlos argumentando que no necesitaban ningún material promocional, pero era muy difícil rechazar aquel gesto de gratitud. El hecho de que la chica hubiese llegado al taller gracias a ellos le recordó una vez más lo valiosas y misteriosas que son las conexiones.

Yaya continuó buscando la razón por la que la joven se había enamorado, pero, por más que escudriñaba, no lograba encontrar nada. Al parecer su amor por el chico había calado en su corazón lenta pero intensamente, como una llovizna en primavera.

Después de reflexionar un momento, el búho salió discretamente de los sueños de la clienta.

—Me dejé los ojos buscando el motivo de su enamoramiento, pero no logré percibir nada. No es como si hubiera un hecho específico… —le dijo Yaya a Oslo.

—¿Te dejaste los ojos? ¡No puede ser!

—Es tan solo una expresión, quiere decir que me esforcé en encontrar algo.

A menudo Yaya debía explicar el significado de dichos y expresiones a su empleador (y ahora familia), que no los entendía muy bien.

—Ah… Pues así es, yo tampoco logré identificar qué la hizo enamorarse. Seguramente por eso está tan preocupada.

La joven se despertó poco después de que el búho hubiese salido de sus sueños y les sonrió, aparentemente avergonzada.

—Creo que he dormido más de la cuenta. Puede que sea por el té, pero siento como si fuese la primera vez en mucho tiempo que he descansado sin pensar en mis preocupaciones.

—Me alegro. Ahora le recomendaré algo que la ayudará a dormir mejor. Por aquí, por favor —respondió Oslo de pie junto a la vitrina.

La chica, que había estado observando el techo, recorrió con la mirada los objetos de la vitrina que ocupaba un lado entero del taller. Junto a esta había un pequeño almacén donde se guardaban los más grandes. Al entrar en aquel lugar, Oslo contempló brevemente una hilera de cortinas elaboradas a mano colgadas en un riel. Una luz cálida y amarilla flotaba suavemente sobre ellas, como si la luna se hubiese detenido allí.

○ Cortinas con estampado de desierto carmesí impregnadas de la ardiente luz del sol.
○ Cortinas con estampado de olas de mar relucientes bajo el ocaso.
○ Cortinas con estampado de pequeño oasis rodeado por un árido desierto.

Tras un momento de duda, eligió las cortinas que tenían un paisaje invernal. Estaban hechas de un material tan ligero que ondeaba con la leve brisa. A simple vista parecía plateado y brillante, pero al observar más detenidamente apreció que era traslúcido y tenía la calidez de la luz del sol. Su diseño era el de un paisaje nevado, a la vez melancólico y hermoso. La clienta examinó las cortinas bañadas por la luz de la luna.

—Le recomiendo estas cortinas invernales. Cuélguelas en su habitación y, cuando se vaya a dormir, cierre los ojos e imagine que afuera está nevando. Su corazón inquieto se irá calmando poco a poco y podrá descansar mucho mejor —explicó Oslo antes de entregárselas.

En realidad tenían otro poder especial que había evitado mencionar, pues podría no funcionar si la persona en cuestión estaba al tanto.

—Dicen que, si alguien confiesa su amor durante la primera nevada, este tendrá un final feliz. ¿Estas cortinas me ayudarán a que mis sentimientos sean correspondidos? —preguntó la joven.

Yaya, que escuchaba la conversación con curiosidad, se posó con suavidad sobre el hombro de Oslo y le susurró al oído. Él sonrió misteriosamente. «¡Yo también quiero saberlo!», protestó el búho, pero, al no recibir una respuesta, chasqueó el pico enfadado.

El cambio de expresión de la clienta al recibir las cortinas fue apenas perceptible. Quizá se estaba preguntando si aquel objeto realmente le sería de ayuda.

—A menudo, los clientes que nos visitan por primera vez dudan de que nuestros objetos para atraer dulces sueños funcionen realmente. Aun así, si se anima y lo prueba, le prometo que, aunque lleve un poco de tiempo, sentirá la diferencia. Eso sí, debe recordar que las emociones intensas no son fáciles de aquietar y que sus preocupaciones no se esfumarán de la noche a la mañana.

—Ojalá me ayude a calmar estos sentimientos un poco —respondió la chica sonrojándose, consciente de que Oslo y Yaya se habían dado cuenta de que albergaba un amor no correspondido, y agregó—: Debería irme. La verdad es que, desde que entré en este taller, me siento extrañamente cansada y somnolienta. Me gustaría volver a casa y echarme una siesta, aunque ya haya descansado un poco aquí. Colgaré las cortinas en mi habitación e intentaré dormir un poco. ¡Muchas gracias!

Después de mostrarle su agradecimiento y de pagar las cortinas, salió del taller con expresión tranquila. Yaya extendió las alas y voló hasta el hombro de Oslo.

—Venga, dime. Así como dicen que las declaraciones hechas durante la primera nevada hacen que el amor triunfe, ¿las cortinas invernales ayudarán a que el amor de la clienta sea correspondido?

—No puedo garantizarlo. Aunque las cortinas tienen otro poder que solo te contaré a ti, Yaya. Escucha bien…

Los grandes ojos del búho se abrieron aún más y clavó sus garras en el hombro de Oslo, apremiándolo a continuar.

—Cuando ves caer la primera nevada, te sientes feliz, ¿verdad? La felicidad que ella sienta mientras duerme se transformará en un aroma que impregnará su cuerpo. Así, quienquiera que huela ese aroma recordará a esta chica cada vez que experimente un momento de alegría. No sabría decir con certeza si con esto su amor será correspondido, pero sin duda hará que su enamorado la asocie con una dulce fragancia. Solo el tiempo dirá si eso conduce a otro tipo de relación.

Yaya, que había escuchado la historia de Oslo atentamente, abrió y cerró el pico con emoción.

—¡Qué interesante! ¿Deberíamos cambiar nuestras cortinas también? ¡Quiero saber qué aromas dejarán en nosotros!

Detrás del enorme ventanal de cristal, un cielo en tonos pastel se asomó fugazmente y desapareció.

El pasaporte al país de las nubes

Tercera clienta

Era una tarde lluviosa. Hacía bastante frío y estaba nublado así que, aunque solo eran las dos de la tarde, no había ni un alma en el taller. Normalmente abrían hasta la noche, pero, ya que no tenían clientes, Oslo estaba pensando en cerrar pronto.

—Qué dices, ¿cerramos hoy un poco antes?

Las gotas de lluvia producían un sonido agradable al golpear la ventana entreabierta, a través de la cual se colaba el olor fresco y cristalino de la lluvia. Oslo se alejó de la ventana y observó el interior del taller. La fina cortina de seda con un delicado diseño de olas ondulaba con suavidad. Al ritmo de la lluvia y del crepitar del fuego en la chimenea, el taller de los dulces sueños parecía más acogedor que nunca. Sintió cómo una calidez lo envolvía y lo iba adormilando lentamente.

—¡Justo en momentos como estos tenemos que esforzarnos aún más, esmerándonos en disciplinar tanto el cuerpo como la mente! Algunos de nuestros clientes trabajan hasta tarde y otros vienen después de cenar con sus familias. Esperemos un poco más —respondió Yaya, exasperado al ver que los párpados de Oslo ya se estaban cerrando.

El búho no quería decepcionar a ningún cliente que los visitase. Deseaba que Oslo se quedara despierto al menos hasta que un cliente se asomara por el umbral de la entrada, pero aparentemente su deseo no se iba a cumplir: en cuestión de segundos, Oslo cayó profundamente dormido en el sofá, como un helado que se derrite al sol.

Afuera seguía lloviendo a mares. El tiempo continuaba imparable su curso, y, a medida que el entorno se oscurecía, la luna revelaba su silueta. A pesar de la lluvia, su luz brillaba intensamente. Oslo, que había despertado después de una corta siesta, miró a Yaya, pensando que realmente era hora de cerrar el taller.

El búho, que tanto había insistido en que mantuviesen el taller abierto, se encontraba roncando apaciblemente. Oslo soltó una carcajada. «¡Qué cosita tan mona!», pensó. Resistiendo la tentación de pellizcarle una mejilla, se limitó a tocar suavemente el pico de su ayudante alado. Justo cuando estaba a punto de colocar otro cojín mullido para que pudiera dormir mejor, la puerta se abrió acompañada del tintineo de la campanilla, y Yaya se despertó sobresaltado, batiendo sus alas. Oslo le acarició la cabeza para que se tranquilizara y saludó a la recién llegada.

—Bienvenida al taller de los dulces sueños.

«Ay, Dios mío», pensó Yaya avergonzado. Se enorgullecía de ser el asistente más responsable del mundo, pero ahora lo habían pillado durmiendo.

La clienta cerró su paraguas y entornó la puerta. Era una mujer de mediana edad de constitución delgada. Tenía el pelo corto y gafas redondas, y en las manos llevaba un bolso tejido en varios colores. Mostraba un aire prudente. Incluso al reparar en Yaya no lo examinó con curiosidad, como hacían la mayoría de los clientes, sino que le dirigió una mirada amable.

—Seguro que ha tenido un trayecto engorroso, con toda esta lluvia.

Yaya fue rápidamente a preparar un té con miel mientras Oslo continuaba la conversación con la clienta. Después de dejar su paraguas naranja junto a la entrada, la mujer se sacudió el agua de la ropa y se sentó en el sofá. En aquel momento, el búho regresó con una taza de té.

—Mis hijas me han recomendado este lugar y, al enterarme de la manera tan original con la que curan el insomnio, me dije que debía venir. Aunque he llegado algo tarde, ¿no? Es que terminé de cenar y recogí todo antes de salir. Vine corriendo porque temía que ya estuviera cerrado, pero por suerte vi que las luces aún estaban encendidas —explicó la mujer con una leve sonrisa, y dio un sorbo al té.

—¡Así que sus hijas conocen nuestro taller!

—Sí. También me contaron que había un pequeño búho muy bonito, y debo decir que es tan adorable como lo describieron. Y este té con miel está delicioso. Tenía algo de frío por la lluvia, así que me sentará muy bien.

Mientras hablaba de sus hijas, el rostro de la mujer se suavizó, y Oslo no pudo evitar sonreír al notarlo.

Yaya era el único que no parecía contento. Chasqueó su pico mientras refunfuñaba para sus adentros: «Qué soberana tontería. ¿Bonito? ¿Adorable? Eso es porque ya van varios días desde que no arreglo mi imponente plumaje, lo más importante de un búho. Debería hacerlo en mi próximo día libre». Luego examinó su reflejo en la ventana desde varios ángulos. Al verlo, Oslo dijo:

—Más que adorable, diría que Yaya es majestuoso.

Comprendía mejor que nadie lo importante que era para el búho mantener una apariencia digna.

—¿Siente que recientemente ha habido algún cambio en su cuerpo o en su mente?

—Mi cuerpo sigue igual, es mi mente la que me ha estado dando problemas. No dejo de darle vueltas a lo que ha sido mi vida hasta ahora y siento un inexplicable desasosiego, como si hubiese dejado de existir. Es algo difícil de describir...

—Debe de ser imposible poner algo así en palabras.

Oslo añadió un poco más de leña en la chimenea para asegurarse de que la mujer no pasara frío. Mientras continuaban su conversación, Yaya retiró la taza de té vacía y, al llevarla a la cocina, aprovechó para comprobar cuánta miel les quedaba. «No hay mucha. Últimamente hemos tenido bastantes clientes». Pensaba que habían comprado suficiente durante su visita al mercado lunar el mes anterior, pero ya se estaba terminando. Tras esto, voló hacia la clienta y la observó. La mujer se había quedado dormida sin darse cuenta y respiraba suavemente. La preocupación que ocultaba tras sus gafas redondas ahora asomaba en su rostro. Debía de estar cansada porque roncaba plácidamente. Yaya se acurrucó con delicadeza junto a su cabeza y, enseguida, sus ojos se oscurecieron como el cielo nocturno, y una aurora se posó sobre ellos. Oslo removió la leña para asegurarse de que ardiera bien y procedió a sentarse en su sillón con el antifaz de búho sobre los ojos.

Yaya voló con todas sus fuerzas hasta llegar a lo más profundo del sueño de la clienta. A primera vista, parecía ser un lugar tranquilo y pacífico. La mujer era un ama de casa de unos cincuenta y tantos años. Después de terminar la secundaria no pudo entrar en la universidad debido a su difícil situación familiar, por lo que comenzó a trabajar de inmediato. Lamentaba no haber podido seguir estudiando, pero se sentía tranquila por su futuro. En el trabajo la elogiaban por ser honesta y cumplidora y, después de varios años de duro esfuerzo, conoció a su actual marido.

Fue una compañera de trabajo quien se lo presentó. Tuvieron un noviazgo normal y se casaron, como muchas otras parejas. Él era una persona tranquila y despreocupada, y rara vez se enfadaba o desanimaba.

Después de tres años de casados, nació su primera hija. En aquella época no era fácil obtener un permiso de baja por maternidad, por lo que la mujer acabó renunciando a su trabajo. Unos años después, nació su segunda hija, y el tiempo pasó mientras criaba a ambas pequeñas. Al mirar en retrospectiva, hubo bastantes momentos difíciles, pero la vida avanzaba sin descanso, como un tren sin frenos, y todo aquello quedó atrás. Ya llevaba treinta años de una vida matrimonial armoniosa. Sus hijas, que habían crecido inteligentes e íntegras, eran su mayor orgullo. Sin embargo, una oleada de emociones brotaba en su interior al ver lo que estaba haciendo con su propia vida. Un remolino de sentimientos ocupaba sus sueños, y Yaya no podía comprenderlo del todo: no sabía si era ansiedad, si la mujer se había amoldado a una vida estable, o si su corazón se había quedado vacío. Lo cierto es que no era feliz, y en aquel momento ni siquiera podía distinguir entre lo bueno y lo malo. La suya era una vida monótona que se repetía día tras día.

La relación con su marido no era diferente. Él no tenía aficiones en particular: iba a trabajar por las mañanas, volvía a casa y cenaba. A veces viajaban a algún lugar los fines de semana, pero no tenían intereses en común ni había nada que los uniera. Era natural que el silencio se instalara entre ellos. La mujer suponía que la mayoría de la gente vivía así, por lo que no se preocupaba mucho.

De vez en cuando salían todos en familia a un buen restaurante y, durante las vacaciones, se iban a la montaña o al mar. Sin embargo, aquellos días fueron disminuyendo a medida que sus hijas crecían y comenzaban a pasar más tiempo con sus amigos o parejas. La mujer sentía que ya no quedaba nadie a su lado. Deseaba cambiar esa vida solitaria y tediosa que parecía destinada a perpetuarse indefinidamente en el futuro.

Cómo transformar mi vida
Desarrollo personal en la mediana edad
Divorciarse siendo adulto
Cómo convertirme en la dueña de mi propia vida

Mientras buscaba todo esto en internet, de repente se preguntó si no estaba a punto de abandonar su estabilidad impulsada por un sentimiento pasajero. Le atormentaba enormemente la incertidumbre sobre el futuro, y cada vez le resultaba más difícil soportar el peso en su corazón.

Pero sus sentimientos no eran todos impulsivos, y Yaya también lo sentía. Era una clara manifestación de su deseo de vivir una vida en la que ella fuese la protagonista, lo cual era natural. El búho pensó que tal vez, libre de la responsabilidad de criar a sus hijas, la mujer estaba feliz de ser independiente y al mismo tiempo se sentía confundida.

—¿Te preocupa algo, mamá? —dijo con dulzura su hija mayor al notar la sombra que se cernía sobre el rostro de la mujer.

—Últimamente he estado reflexionando bastante. Piensa bien en lo que quieres hacer con tu vida, disfruta de tu tiempo y de tu dinero. Ya es demasiado tarde para mí, pero a tu edad puedes hacer lo que desees. Aprovecha para hacer incluso las cosas que ahora te parecen triviales, porque también esas son buenas experiencias.

Al escuchar eso, su hija caviló detenidamente antes de responder:

—No creo que sea demasiado tarde para ti, mamá. Te has esforzado mucho por criarnos, así que, si ahora quieres intentar algo nuevo, te apoyaré sin importar lo que sea. Estás en la edad perfecta para probar cosas diferentes.

Aquellas palabras de su hija mayor, que había madurado rápido y ahora era como una amiga, eran justo lo que necesitaba oír.

Después de hablar con ella, su determinación a empezar una nueva vida creció aún más. Estaba decidida, pero no conseguía descubrir la mejor manera de abordar el tema con su marido. No podía afirmar que su vida de casados hubiera sido siempre feliz, pero tampoco había sido infeliz. Él había trabajado diligentemente por su familia. A veces se había sentido algo agobiada por su carácter despreocupado y tranquilo, pero sin llegar a generarle rechazo. Simplemente quería dedicar el resto de su vida enteramente a sí misma. Aunque le entristecía, creía que sería una buena opción para ambos.

Al ver toda la situación, Yaya dio un gran suspiro. Ahora comprendía los sentimientos de la mujer: por un lado estaba el anhelo de iniciar una vida centrada en sí misma, y por el otro la preocupación por que sus decisiones pudieran herir los sentimientos de su amada familia. Principalmente la angustiaba la reacción de su mimada hija menor y de sus familiares más cercanos. Y luego también estaba el tema financiero: para construir una nueva vida, primero debía valerse por sí misma. Yaya pudo sentir cómo el sueño de la mujer se oscurecía poco a poco, así que se cubrió bien con su capa estrellada y voló de regreso al mundo real.

Oslo ya se encontraba de pie junto a la vitrina. Había fabricado varios objetos nuevos para atraer dulces sueños en su tiempo libre, y la suave luz de la luna que emanaba de ellos se extendía también sobre él.

—¿Ya has vuelto, Yaya? Quiero recomendarle algo realmente especial a esta clienta. Tengo la sensación de que nuestro taller podrá lograr un gran cambio en su vida —dijo con total sinceridad, mientras examinaba uno a uno los objetos en la vitrina.

—Eso espero. De verdad que me gustaría que sus sueños continuaran siendo siempre brillantes —respondió Yaya, haciéndose eco de sus palabras.

Mientras esto ocurría, la mujer despertó lentamente de su sueño.

—Vaya, parece que me quedé dormida.

—Mi asombroso asistente ha visitado sus sueños durante un ratito. Gracias a su esfuerzo, ahora podremos recomendarle el mejor objeto para atraer dulces sueños.

Oslo guio a la mujer hacia la vitrina.

—¿De verdad? Muchas gracias, Yaya, eres magnífico —dijo la mujer, acariciando la cabeza del búho quien, disimulando, se restregó contra ella.

Tras rebuscar un poco en la vitrina, Oslo sacó un pasaporte que brillaba ligeramente reflejando la luz de la luna.

—Este es un pasaporte al país de las nubes. Es algo que suelo recomendar a las personas que quieren olvidar las restricciones que les impone la realidad y dejarlo todo atrás. Al usarlo, podrá experimentar una nueva vida dentro de sus sueños. Si lo abre, encontrará un pequeño espejo en la primera página. Antes de dormir, mire fijamente su reflejo y piense bien a dónde le gustaría ir y qué tipo de vida desearía vivir. Luego, abra el pasaporte en una página en blanco y colóquelo bajo su almohada. Mientras duerme, atravesará un camino de nubes y llegará a su mundo ideal. Pero hay algo que debe tener en cuenta y es que ese mundo no es real. Recuerde que su verdadero yo no reside en sus sueños, sino en la realidad.

El pasaporte era ligero y flexible, y tenía un tamaño similar a uno de verdad. En la portada brillante se reflejaba el cielo, donde una nube flotaba hacia algún lugar lejano. La nube iba moviéndose lentamente e iba cambiando de forma. Tal y como había dicho Oslo, en la primera página había un pequeño espejo y las siguientes estaban en blanco.

—El pasaporte al país de las nubes no siempre funciona. Solo cuando realmente materialice en sus sueños la vida deseada, podrá atravesar el camino de nubes y llegar a aquel destino. Y también debo advertirle que puede llegar a sentir un vacío o tristeza después de soñar con una nueva vida. Pero, si realmente desea conseguirla, este pasaporte sembrará en su corazón el valor para hacerlo. Al día siguiente, encontrará un sello en una de las páginas.

Era cierto que existía el peligro de que quienes usasen el pasaporte cayeran en el vacío o la frustración. Aunque pensaran que la vida de sus sueños era la ideal, experimentarla podría conducirlos a la decepción o a darse cuenta de que era imposible de alcanzar.

—Entiendo, al parecer debo ser muy cuidadosa. El mundo al que vaya con el pasaporte al país de las nubes no es nada más que una ilusión. También puede que experimentar esa vida sea doloroso, o incluso tal vez que sea más feliz ahora... —murmuró la mujer, sumida en sus pensamientos. Luego agregó—: Puede que lo compre y jamás lo use. Pero, si llego a usarlo, lo haré cuando esté realmente segura de la vida que deseo. Gracias por recomendarme este maravilloso objeto.

Después de pagar el pasaporte, la clienta comenzó a recoger una a una sus cosas. Cuando estaba a punto de salir, sonó su teléfono móvil. Era su marido preguntándole dónde estaba. Con expresión alegre, ella le respondió que llegaría pronto.

A partir de ese momento, las preocupaciones de la mujer podrían continuar o terminar, pero su figura mientras se alejaba del taller irradiaba esperanza.

—Parece que va a llover toda la noche —murmuró Oslo para sí mientras miraba por la ventana.

El sonido de la lluvia colmaba la noche.

Te receto un corazón caliente

Cuarto (e inesperado) cliente

Los clientes no paraban de llegar, por lo que Oslo y Yaya pasaron un día bastante ajetreado. Solo cuando el sol se ocultó, pudieron tomarse un respiro. Oslo se sentó en el sofá y de inmediato comenzó a cabecear, mientras que Yaya se acomodó sobre su cojín personal para acicalarse las plumas.

Mientras lo hacía, apareció un gato callejero, a juzgar por su apariencia, que se quedó mirando fijamente al búho. Yaya, sorprendido, intentó recordar si había oído la campanilla de la entrada, pero, tras pensarlo bien, se dio cuenta de que no era así. Al parecer, el gato se había colado cuando se marchaba el cliente anterior. Nervioso, el búho desplegó sus alas, despertando a Oslo. Al ver al gato, Oslo se sorprendió tanto como su asistente y, sin detenerse siquiera a bostezar, se apresuró a acercarse.

—¿Qué pasa, gatito?

Ante su pregunta el gato, de un pelaje naranja, cálido como la luz del sol, maulló sin parar. Ni Oslo ni Yaya podían comprenderlo, pero ambos intuyeron que había venido buscando ayuda para su insomnio, pues tenía la misma mirada cansada que los otros clientes del taller. Mientras Oslo acariciaba al gato, Yaya se apresuró a preparar un té con miel, poniendo especial esmero en agradar a aquel cliente tan singular. Oslo sopló el té para enfriarlo un poco, lo sirvió en un tazón y lo colocó frente al gato.

El cliente felino dio algunos lengüetazos a la infusión antes de acomodarse, y se quedó dormido con la barbilla sobre uno de los pies de Oslo. Este continuó acariciándolo, disfrutando de sus suaves ronroneos.

—Ya voy —dijo Yaya, acurrucándose en el suelo junto al gato.

«Hace mucho tiempo que no entro en los sueños de alguien que no sea humano. ¡Qué nervios!», pensó para sí mismo mientras se sumergía en el sueño del pequeño felino.

Al llegar lo envolvió una sensación de pesadumbre y tristeza, y, cuando se adentró un poco más, una escena se elevó frente a sus ojos como la luna llena en el cielo. El nombre del gatito era Nabi, y vivía en el sótano de un edificio junto a su madre y sus cuatro hermanos. Aunque el frío se colaba inevitablemente en el sótano durante el invierno, Nabi era feliz por estar con su familia. Un día, él y sus hermanos estaban acurrucados esperando a su madre. Había pasado la hora en la que solía regresar, pero aún no había señales de ella. Un gato negro con el que se cruzaban a menudo les trajo la noticia: su madre había sido atacada por un perro callejero mientras buscaba comida. A una tierna edad, los gatitos tuvieron que aprender que incluso el ser más importante de sus vidas podía desaparecer en un instante.

Ni siquiera habían aprendido a cazar y ahora tenían que valerse por sí mismos. Así que, poco a poco, los hermanos se separaron y Nabi se quedó solo en el sótano del edificio.

Cuando se acurrucaba para dormir, le venían a la mente los recuerdos felices del pasado: echaba de menos a su madre, que lo lamía con cariño, y a sus hermanitos, con los que jugaba todos los días. A veces le parecía oír los maullidos de sus hermanos a lo lejos, pero al abrir los ojos no había nadie. Sobrevivía gracias a la comida que algunas personas generosas dejaban para los gatos callejeros y, de vez en cuando, se topaba con el guardia de seguridad del edificio, quien bajaba al sótano a revisar las calderas. Fue él quien le puso el nombre de «Nabi».

El guardia de seguridad le llevaba latas de atún y pienso para gatos, pero esto no duró mucho: las quejas de los residentes del edificio provocaron que dejara de darle comida. El gatito se encontró solo una vez más y lo sintió tanto como cuando perdió a su familia. Con el tiempo se quedó en los huesos, por lo que se vio forzado a salir en busca de comida. A partir de entonces, sus días consistían en deambular por las calles, lejos del edificio.

Por supuesto, Nabi no había llegado al taller de los dulces sueños sabiendo qué tipo de lugar era. Estaba caminando por aquel vecindario cuando lo descubrió. En las calles había aprendido a diferenciar entre las personas que le daban de comer y las que lo echaban a patadas. Observó a Yaya y a Oslo con cautela a través del cristal y, aunque no podía estar seguro de que lo alimentarían, supo que no lo iban a echar a patadas. Quizá incluso le permitieran quedarse a su lado y descansar un rato. Así que aprovechó para entrar mientras la puerta estaba entreabierta.

Yaya quiso brindar un pequeño consuelo al corazón solitario del gatito, así que esparció un poco de luz de luna de su capa antes de salir del sueño. Esperaba que, al igual que la luna ilumina la noche, los sueños del gatito se llenasen de tranquilidad y calor.

Mientras Nabi echaba una muy merecida siesta, Oslo le acariciaba suavemente la cabeza y el lomo. Al ver esto, a Yaya le vino a la memoria un viejo recuerdo.

○ ○ ○

Yaya y Oslo se habían conocido unos cuatro años antes.

El primer recuerdo del búho era el de un cálido nido y, aunque había pasado todo ese tiempo dentro de su cascarón, pensar en aquellos momentos le llenaba el corazón. Un día, mientras esperaba a salir del cascarón, un gran impacto lo sacudió.

¡Pum! El huevo había caído del nido. Aquel espacio tan acogedor donde había estado se transformó en uno gélido e inclemente. El viento frío se coló a través de las grietas del cascarón y el cuerpo del polluelo, húmedo por el líquido del interior, comenzó a secarse y su temperatura corporal a bajar. En algunos momentos, Yaya perdió la consciencia. Mientras, la luna llena se alzó en el cielo. Era un día muy nublado, por lo que no debería haber sido visible, pero parecía como si hubiese acudido en su ayuda al ver su frágil estado. La cálida luz que se asomaba a través de las nubes envolvió su cuerpo y, a medida que se filtraba por las grietas del cascarón, le iba devolviendo la humedad. Poco a poco su temperatura comenzó a subir. Aunque no era tan cálido como la luz del sol, el suave resplandor de la luna ayudó a mantener al polluelo con vida.

Al poco tiempo el huevo comenzó a brillar y, como si la luna le hubiese otorgado su magia, Yaya entreabrió los párpados. Los ojitos de la criatura brillaron como el cielo nocturno, absorbiendo su luz y la energía de las estrellas, y una aurora boreal se reflejó en ellos. De repente las nubes se disiparon, y tanto la luna como las estrellas se unieron para apoyar a Yaya. Finalmente, el cascarón volvió a su estado original. En aquella noche fría y oscura, los buenos y sinceros deseos de la naturaleza terminaron salvando al pequeño búho.

Por entonces, Oslo estaba planeando abrir el taller de los dulces sueños. Un día, mientras daba un paseo y pensaba en cómo hacerlo, descubrió algo pequeño y brillante en medio del sendero del bosque. Al acercarse, vio que era un huevo que emitía una suave luz.

Pensó que un cuco había dejado uno de sus huevos en el nido de otra especie, en la copa de un árbol. Cuando eso sucede, es probable que el polluelo de cuco nazca antes que los demás y termine empujando los otros huevos fuera del nido. Oslo temió que ya estuviese sin vida. Sin detenerse a pensar si era lo correcto, recogió el huevo y se apresuró a volver a casa. Una vez allí, lo puso sobre un mullido cojín y lo cubrió con una manta tejida por él. Se quedó despierto toda la noche, vigilando que no se enfriara, e incluso colocó una botella de agua caliente junto a él. No tenía ni idea de que el polluelo llevaba la magia de la luna dentro de él, pero sentía una fuerza misteriosa que los conectaba.

A la mañana siguiente, Oslo, que se había quedado dormido a su lado, se despertó al oír un suave golpeteo. El pajarillo estaba haciendo todo lo posible para salir del cascarón agrietado.

El rostro de Oslo fue lo primero que el pequeño Yaya vio al nacer y desde entonces lo seguía a todas partes, como si fuese su madre. También aprendió el lenguaje humano de forma natural, imitando a Oslo.

Yaya creció rápidamente y entendió que Oslo y él eran diferentes. Con el tiempo también se dio cuenta de que las personas que llegaban al taller de los dulces sueños tenían un aspecto distinto al suyo: no tenían alas ni podían volar, sino que caminaban con dos piernas y, en lugar de un afilado pico, tenían labios suaves. También supo que de esos labios a veces salían palabras afiladas. Al ver que la confusión de Yaya crecía, Oslo decidió contarle cómo había nacido y por qué había llegado a aquel lugar. Mientras lo escuchaba, el pequeño búho recordó vagamente el momento en el que había sido protegido por la luz de la luna y las estrellas.

Oslo le puso el nombre de Yaya —que viene de «Ya, ya, duérmete mi niño»— con el deseo de que su sueño resultase siempre cálido y reparador. Así fue como llegaron a ser una familia.

○ ○ ○

Yaya pensó que sería maravilloso si, al igual que él, Nabi pudiera encontrar una familia amorosa que lo acogiese. Oslo, que observaba al gatito, dirigió la mirada hacia la vitrina. Cuando fue hacia allí, Yaya revoloteó y se posó en su hombro.

—No creo que tengamos nada adecuado para un gato…, pero aun así me gustaría darle algo. ¿Qué hacemos? —preguntó Oslo, pensativo, apoyando la barbilla en una mano.

—¿Qué tal eso? —sugirió Yaya, apuntando hacia un extremo de la vitrina con su afilado pico.

—¡Perfecto, realmente eres el mejor asistente!

Yaya tosió para ocultar su timidez ante aquel cumplido. Oslo tomó el objeto que el búho le había señalado y lo colocó sobre el mostrador. En aquel momento Nabi despertó de su siesta y se estiró arqueando la espalda.

—¿Has dormido bien? He estado pensando mucho en qué objeto darte y creo que este te será muy útil.

Sostenía un plato hondo de un delicado color azul que se difuminaba como una acuarela.

—Lo hice hace unos días. Quería un plato bonito para servir mis postres. Te pondré agua fresca en él todas las mañanas y las tardes, así que puedes venir cada vez que sientas sed. También te prepararé algo de comer cuando lo desees. El taller de los dulces sueños será un segundo hogar para ti.

Oslo acarició la cabeza y el lomo de Nabi, dándole calor, y el gatito lo observó con la mirada llena de alegría, parpadeando con suavidad. La soledad, tristeza y fatiga que habitaban en sus ojos parecían haberse disipado un poco. Saltó al alféizar de la ventana y giró la cabeza para echar un último vistazo al taller antes de salir al exterior. Oslo sonrió dulcemente al ver el cambio en la actitud del gato.

Al día siguiente, Oslo colocó agua fresca y un poco de pienso en el plato. También preparó una esquina donde Nabi pudiera descansar. Como si comprendiera la amabilidad detrás de estos gestos, el gatito iba al taller hacia el final del día, bebía y saciaba su hambre, y luego se echaba una buena siesta. Convertido en el refugio de Nabi, el taller de los dulces sueños adquirió un ambiente aún más acogedor.

El búho con la capa de aurora boreal

Hoy no abrimos

Hacía mucho tiempo que el taller de los dulces sueños no tenía un día libre. Por lo general, esto ocurría cada noche de luna llena. Yaya voló hacia la entrada y dio la vuelta al letrero.

CERRADO

—¡Definitivamente todo esfuerzo tiene su recompensa! —exclamó Oslo—. Al fin un buen descanso.

Disfrutaba mucho ayudando a los clientes a tener un sueño reparador, pero aquellos días en los que no tenía nada que hacer le traían una alegría incomparable. Yaya batió las alas con emoción y Oslo se estiró perezosamente.

Yaya, que siempre debía vigilar al somnoliento Oslo y cuidar del taller, aprovechaba los días de descanso para relajarse; mientras que Oslo los utilizaba para ponerse al día con las tareas pendientes. Después de estirarse, comenzó con la limpieza.

Primero desempolvó a fondo cada rincón. Los objetos que usaba para atraer dulces sueños los fabricaba dentro del mismo taller, y estos soltaban virutas de madera, fragmentos de vidrio y otros materiales que terminaban esparcidos por todas partes. Por mucho que limpiara a diario, era inevitable. Quitó el polvo con más meticulosidad que de costumbre, y le pareció que la luz de la luna que se reflejaba en la vitrina brillaba con mayor claridad.

—Esto sigue sucio… —murmuró.

Hacía poco, uno de los clientes se había quedado dormido mientras bebía el té con miel, derramando lo que quedaba. Oslo había decidido limpiar el suelo, que aún seguía pegajoso, durante su día de descanso, así que lo fregó con energía. Sus pijamas también se habían acumulado, por lo que los echó a lavar con un poco del suavizante que había comprado en el mercado lunar. De la lavadora emanaba un olor a noche, tranquilo y silencioso.

Después de terminar sus quehaceres, Oslo contempló el taller ordenado y se preguntó qué ingredientes sería bueno comprar en el mercado lunar que iba a abrirse esa noche. Ya tenía claro qué quería fabricar.

—Esta vez necesito varias cosas… —se dijo a sí mismo, mientras anotaba todo lo que iba a adquirir en una lista.

Su deseo de ofrecer dulces sueños a los clientes del taller era cada vez mayor y se sentía entusiasmado ante la idea de comprar buenos materiales para fabricar toda clase de objetos.

El mercado lunar abría durante las noches de luna llena y, cuando esta, grande y redonda, cubría el mundo entero con su luz, se podían encontrar artículos aún más misteriosos. Aunque también se podían conseguir objetos terminados, Oslo prefería comprar ingredientes y materiales para fabricarlos él mismo. Un par de días antes de la luna llena hizo una lista con todo lo que necesitaba. Esta vez llevaría una lista larga, y tanto Yaya como Oslo sentían una gran emoción. El mes anterior el mercado había sido decepcionante por el cielo nublado que no dejaba apreciar la luna y la escasa selección de materiales, pero, tras varios días soleados y sin una nube a la vista, los dos tenían grandes expectativas.

Después de haber trabajado duro toda la mañana, Oslo se preparó para pasar una tarde y noche tranquilas. Ya había desempolvado, fregado y organizado el taller, y todo había quedado reluciente. La luz de luna, que normalmente iluminaba solo la vitrina y el almacén, ahora llenaba todo el lugar, dándole un aire acogedor y tranquilo. Oslo se sentó en su sillón y comenzó a leer uno de sus libros favoritos. Yaya, que ya había descansado lo suficiente, se levantó y parpadeó somnoliento.

—Bueno, con el estómago vacío no se piensa bien. ¿Qué te parece un trozo de tarta para almorzar?

—¿Preparamos una de miel para celebrar nuestro día libre?

Oslo se alegró ante la sugerencia de Yaya. Desde pequeño le encantaba la repostería. Todos los fines de semana solía hornear deliciosos panes con sus padres y, quizá gracias a eso, la repostería también formaba parte de sus pasatiempos y de las cosas que se le daban bien. Tartas de miel, bizcochos, panes esponjosos, medialunas crujientes y panecillos rellenos… Oslo preparaba todo tipo de productos de panadería en el gran horno que había instalado tras abrir el taller. Yaya siempre batía las alas feliz al probar alguno de sus dulces recién salido del horno. Unas pocas veces Oslo se había quedado dormido y había olvidado apagarlo, y el pan había terminado quemándose. Esos días, era imposible escapar de las miradas de recriminación de Yaya. Aquella tarde, ambos esperaban tranquilamente a que cayera la noche, mientras disfrutaban de una tarta hecha con grandes cantidades de miel del mercado lunar.

—Estos días son los mejores, ¿a que sí? —murmuró Yaya mientras se acicalaba el plumaje. Al terminar, extendió su capa.

Estaba realmente emocionado por ir al mercado. Aunque faltaba un buen rato para que oscureciera, ya estaba ocupado arreglando su capa. Aquella prenda, que Oslo le había regalado poco después de que comenzara a trabajar como asistente del taller, era un objeto muy especial que le permitía entrar en los sueños de los clientes. Además contaba con otro poder: en las noches de luna llena hacía más grande a su portador. Gracias a eso, a medida que se acercaba el plenilunio Yaya se veía más fuerte e imponente.

«Debería pedirle a Oslo que me haga una capa nueva si encontramos alguna tela decente en el mercado», pensó Yaya, observando la desgastada prenda. Últimamente la clientela había aumentado, por lo que tenía que usarla más a menudo.

Poco a poco la apacible tarde dio paso a una noche brillante de luna llena.

—¿Nos vamos ya? —propuso el búho una vez estuvo listo, pero al girar la cabeza vio que Oslo se había quedado profundamente dormido. Estaba hundido en el sofá con la lista de la compra en la mano y una sonrisa en la cara, como si estuviese teniendo un buen sueño. Al verlo, Yaya no pudo evitar fruncir el ceño.

Le apetecía despertarlo de un picotazo, como de costumbre, pero Oslo ofrecía una imagen adorable. Mientras lo observaba, los recuerdos de su primera visita al mercado lunar volvieron a su mente.

○ ○ ○

El taller de los dulces sueños había abierto sus puertas cuando Yaya aún era un polluelo que crecía al lado de Oslo. Este quería reconfortar los corazones de sus clientes, conversando con ellos acerca de sus problemas y entregándoles objetos que él mismo fabricaba, pero en aquella época aún no tenía la habilidad de impregnarlos del poder de la luna y Yaya tampoco podía viajar a los sueños de los clientes.

Una noche en la que la luna llena brillaba, grande y redonda, Oslo se encontraba cabeceando en el sofá después de una buena comida. Yaya se posó sobre su hombro y comenzó a peinarlo con sus garras. En aquel momento, los rayos de luna que se filtraban por la ventana lo cubrieron con su luz, y Yaya pudo sentir con fuerza la llamada de la energía que le había sido otorgada cuando estaba en el cascarón. Hipnotizado, se acercó a la ventana, la abrió con el pico y se dejó bañar por completo por el resplandor de la luna. La fría brisa nocturna había entrado en el taller y había despertado a Oslo, quien se acercó a su lado.

—Es extraño, siento como si la luna me estuviera llamando. No puedo explicar por qué, pero siento que, si vuelo hacia ella, encontraré un mundo maravilloso —dijo el búho.

—Si quieres ir, puedes hacerlo, Yaya.

Oslo estaba preocupado, pero recordó que Yaya tenía su propia vida que vivir e hizo de tripas corazón para decirle aquello.

—Volveré pronto, no te preocupes —respondió Yaya decidido, extendiendo sus alas sin vacilar.

El camino hacia la luna era interminablemente largo. Aunque Yaya había crecido y tenía ya un aspecto majestuoso, viajar a la luna seguía siendo demasiado agotador para un búho.

En el camino se encontró con una bandada de pájaros que volaban medio dormidos y con nubes que se desplazaban lentamente, cambiando de forma. Sus ojos brillantes se maravillaron ante la infinidad de estrellas que resplandecían más intensamente a medida que se acercaba a la luna. Justo cuando empezaba a pensar que llevaba mucho tiempo volando y que lo mejor iba a ser regresar, una luz brillante como la aurora boreal iluminó el cielo. Yaya había comenzado a sentir frío a medida que volaba más alto, pero el portal de la aurora emitía un suave calor, así que se deslizó dentro sin dudarlo un instante.

Fue entonces cuando el mercado lunar se desplegó ante sus ojos. Descubrió conejos que corrían apresurados de aquí para allá, mientras vendían comida que ellos mismos preparaban, además de toda clase de productos e ingredientes. Más tarde se enteró de que, cuanto más grande y redonda estuviese la luna llena, mayor era la variedad de artículos que podían vender en el mercado. Por casualidad, aquel día la luna estaba excepcionalmente grande y brillante, por lo que el ambiente del lugar era festivo. Además de los conejos lunares, también vio lechuzas muy parecidas a él, un osezno que exploraba el mercado a pasos torpes y una mariposa que consideraba si comprar miel o no. Deseaba quedarse un poco más, pero recordó que Oslo lo estaba esperando, así que regresó al portal.

Atravesó el frío cielo nocturno y volvió al taller de los dulces sueños donde, a pesar de lo avanzado de la noche, Oslo lo esperaba bien despierto. Antes de que Yaya se posara en el alféizar, ya se había levantado del sofá y corría a abrazarlo.

—Bienvenido, Yaya. ¿Qué tal estuvo tu paseo por el cielo nocturno? —preguntó Oslo, mientras acariciaba las alas del búho.

—¡Fue increíble! Encontré un mercado en la luna, ¡con conejos lunares! Tenemos que ir juntos la próxima vez. ¡Venden muchas cosas que te encantarían! —respondió Yaya emocionado, sin rastro de cansancio después de tan largo vuelo.

—Claro, hagámoslo —dijo Oslo siguiéndole el juego, aunque por dentro estaba confundido. «¿Dónde existía un mercado así?». No se atrevió a chafar las ilusiones del búho, al que veía por primera vez tan entusiasmado.

Al cabo de un mes, mientras hacía el inventario, Oslo pensó que ya era hora de comprar más materiales en su lugar de confianza del centro de la ciudad. Yaya se dio cuenta y le pidió que simplemente hiciera una lista de lo necesario y esperase a que fuese luna llena. Estaba seguro de que, cuando apareciera una luna grande y brillante, podría viajar hacia ella una vez más, atraído por su fuerte y misteriosa energía.

Unos días más tarde, la tan esperada luna llena se elevó en lo alto del cielo. Yaya estaba más que listo. Cuando la

luz de la luna tocó la tierra, Yaya tuvo la certeza de que, en algún lugar, se había abierto el portal de la aurora boreal. Cuando fue a por Oslo para decirle que ya era hora de salir, lo encontró profundamente dormido.

«Ay, Dios mío. Sabía que iba a pasar esto».

Impaciente, Yaya clavó sus garras en el pijama a cuadros de Oslo. Al sentirlo, este abrió los ojos.

—Ejem, entonces ¿nos vamos ya? —dijo Oslo, esforzándose por aparentar que no tenía sueño. Yaya no pudo evitar esbozar una sonrisa.

El búho había estado entrenando para aquel momento. Sujetó a Oslo por el pijama con sus garras y emprendió el vuelo. Aunque había sido el propio Yaya quien lo había invitado a ir al mercado lunar, le preocupaba no poder soportar su peso. Por esta razón, le asombró descubrir que, cuanto más se acercaban a la luna, más fuerte se sentía y más ligero le parecía el cuerpo de Oslo. Incluso llevándolo con sus garras, esta vez llegó al portal mucho más rápido que en su primer vuelo.

Aunque el mercado parecía más pequeño que la vez anterior, seguía estando repleto de cosas por ver. Oslo a punto estuvo de desmayarse al ver a los animales haciendo compras (por no hablar de los conejos lunares), pero se armó de valor pensando que sería mejor no mostrar su sorpresa.

—Tenías razón, Yaya. ¡Hay tantas cosas misteriosas que jamás podría encontrar en las tiendas de la ciudad! Quiero comprar esto y esto también… —dijo Oslo, quien ya había olvidado su sobresalto inicial y se apresuraba a buscar todo lo que necesitaba. Tras echarle una mirada a Yaya, exclamó admirado—: ¡Caramba! ¿En qué momento creciste tanto?

En la tierra, Yaya no era más grande que cuatro manzanas apiladas una encima de la otra, pero ahora era incluso más alto que Oslo. Al búho parecía agradarle esta nueva apariencia y se examinó desde varios ángulos en un espejo del mercado. Oslo soltó una risita al verlo.

○ ○ ○

«Es cierto eso que dicen de que la gente nunca cambia. ¡Oslo sigue igual de dormilón!», refunfuñó Yaya para sí mismo al recordar aquella ocasión en que fueron al mercado lunar por primera vez. Envuelto en su capa, tomó a Oslo de la ropa con sus fuertes garras. A medida que se acercaba a la luna, se hacía más grande y fuerte, y cargar con él no le causaba ninguna molestia. Llegarían al mercado en un santiamén.

«Con suerte, debería despertar antes de llegar», pensó. Al ver que Oslo, a quien nunca podría detestar a pesar de que a veces lo exasperaba, seguía profundamente dormido, Yaya chasqueó el pico. Mientras continuaba aproximándose a la luna, que se alzaba brillante en el cielo irradiando su luz por doquier, sus alas se extendían con más elegancia.

Tal como esperaba, la luna brillaba con intensidad y el hermoso halo de luz a su alrededor era claramente visible. Cuanto más se acercaban a la Vía Láctea creada por la luz de la luna y las estrellas, más crecía Yaya, y a sus espaldas la capa ondeaba majestuosamente. Satisfecho con su aspecto, echó una ojeada a su compañero para ver si ya se había despertado y, en efecto, en ese momento Oslo, que había estado cabeceando, abrió los ojos de golpe. Afortunadamente seguía aferrando la lista de la compra. Ser cargado por Yaya ya era algo usual para Oslo, así que se dedicó a observar el cielo nocturno en lo que quedaba de camino. Poco después, atravesaron el portal de la aurora boreal hacia el mercado lunar.

El portal estaba ubicado en el halo de la luna, de modo que podía considerarse parte de ella, y solo quienes conocían su existencia podían atravesarlo. El aspecto y tamaño del mercado lunar cambiaban según el tamaño de la luna y las condiciones meteorológicas, y ese mes estaba repleto de objetos e ingredientes extraordinarios. Los conejos lunares habían instalado sus puestos a lo largo del camino que lo atravesaba, que resplandecía con un suave fulgor plateado. Cada vez que alguien compraba un producto, ellos lo guardaban en una bolsa de papel decorada con una luna creciente. Antes de su visita, Oslo había planeado fabricar varios objetos para atraer dulces sueños, así que necesitaba examinar con cuidado qué materiales requerían.

Para amasar con las manos cuando la inquietud no permita conciliar el sueño
- *Slime* lunar, brillante y amarillo como la luz de la luna

Para mirar en las noches de insomnio
- Tarjeta que brille en la oscuridad, con letras relucientes como constelaciones

Para aquellas personas cuyas vidas se sienten tan vacías que buscan refugio en rincones oscuros
- Mascarillas capaces de impedir que el alma se escape por la boca

Para quienes no pueden dormir por culpa de pensamientos aterradores
- Persianas que resguarden su corazón de toda oscuridad

«Por el momento podré fabricar muchos objetos sin tener que preocuparme por los materiales», pensó Oslo, encantado.

—Por cierto, se nos ha acabado la miel —le recordó Yaya.

Ya que el mercado lunar solo abría los días de luna llena, una vez que terminasen las compras y regresaran al taller tendrían que esperar mucho tiempo para volver. Por eso debía asegurarse de no olvidar nada. El té con miel era el producto más distintivo del taller de los dulces sueños, así que, al escuchar las palabras de Yaya, Oslo se apresuró a comprar una buena cantidad.

No pudo evitar ponerse a tararear ante la idea de estar en condiciones de fabricar mejores objetos para sus clientes. Una vez que las luces que iluminaban el mercado se extinguieron, los conejos empezaron a recoger sus puestos. Parecía que había llegado el momento de que la luna desapareciese con la niebla del amanecer.

—¿Nos vamos ya? —preguntó Yaya, extendiendo su capa.

—He comprado todo lo que necesitaba, así que podemos volver.

Con las manos llenas de bolsas, Oslo se dejó cargar por el enorme Yaya. El búho sobrevoló el mercado y luego voló hacia el portal de la aurora, que comenzaba a desvanecerse poco a poco. Bajo el cielo nocturno los pueblos se veían pequeños y apacibles, y Oslo deseó que todos sus habitantes estuviesen teniendo dulces sueños.

Mientras se acercaban al taller, Yaya empezó a recuperar su tamaño original. Cuando ya estaban cerca del suelo, Oslo dio un salto para desprenderse de las garras del búho. Aunque este estaba acostumbrado a cargarlo cada vez que iban al mercado, a Oslo le preocupaba que pudiese resultarle agotador.

El taller de los dulces sueños ahora estaba repleto con todo lo que habían comprado en el mercado lunar. Con eso, Oslo podría ponerse manos a la obra y fabricar objetos útiles y misteriosos. Tanto Yaya como Oslo resplandecían con la luz de luna que los había acompañado durante el camino de regreso, y un aroma agradable que provenía de algún lugar cercano flotaba en el aire.

Al fin era momento de dar por terminada la jornada. Oslo estaba más que listo para recibir a los clientes que los visitarían a partir del día siguiente.

La bola de nieve

Quinto cliente

Un gorrión que cantaba en la rama de un árbol junto al sendero se posó en el techo del taller de los dulces sueños, desde donde emanaba un dulce olor a miel. Oslo contempló aquella escena desde la ventana con la mirada perdida y luego se tumbó en el sofá. Después de que el último cliente se hubiera marchado, el sueño parecía haberse apoderado de él una vez más. Yaya se dio cuenta y subió al mostrador de un salto, enfadado.

«Este hombre duerme tanto que al final yo termino haciendo el doble de trabajo. De verdad, debería pedirle un aumento de sueldo el mes que viene», se quejó para sus adentros.

Durante un buen rato estuvo de acá para allá, organizando el lugar. Cuando hubo terminado y comenzaba a aburrirse, entró un nuevo cliente. Era un hombre mayor que se movía con lentitud, como si algo le doliese o le molestase.

Llevaba unas cómodas zapatillas deportivas negras, un jersey de punto de color verde oscuro y un grueso abrigo marrón. Su escaso cabello estaba cuidadosamente peinado. A pesar de respirar con cierta dificultad, su rostro lucía una sonrisa bonachona, lo que le daba un aire dulce y amable. El anciano avanzó despacio hasta el mullido sillón.

—Bien…, bienvenido —balbuceó Oslo, levantándose apresuradamente del sofá.

Como aún seguía algo adormilado, fue Yaya quien se encargó de guiar al cliente hasta el sillón y, con rapidez, le sirvió un té con miel recién hecho. El anciano lo bebió a sorbos lentos, mientras observaba cada rincón del taller desde el sillón.

—Hace bastante frío hoy, ¿verdad? Parece que la primavera se lo está pensando. Normalmente a estas alturas del año la gente suele salir ya a pasear con ropa ligera, pero veo a todo el mundo todavía con abrigos. Parece que hace más frío que el año pasado —comentó Oslo, hablando de nimiedades para que el cliente se relajara.

—Así es. Todavía no he podido guardar mis abrigos de invierno —respondió el anciano, resoplando. Tras un momento, tomó una bocanada de aire y enderezó la postura. Definitivamente le costaba respirar. Luego continuó—: Es la primera vez en mi vida que pruebo un té con miel preparado por un búho. Está delicioso. He oído que al beber esto podré descansar y entonces este búho entrará en mis sueños. ¿Es cierto?

—Veo que está bien informado. Este es mi asistente, Yaya. Hay muchas razones por las cuales nuestros clientes no pueden conciliar el sueño. Nosotros encontramos el motivo y le recomendamos un objeto que lo ayudará a dormir bien.

—De acuerdo. Pero, aunque entren en mis sueños, no estoy seguro de que puedan ayudarme. Aparte de mis dolencias físicas, me siento terriblemente culpable hacia mi familia… Mejor dicho, cargo con muchas preocupaciones.

Los párpados del anciano comenzaron a cerrarse y al instante entró en un sueño profundo. Al verlo, Yaya voló a su lado y apoyó suavemente la cabeza junto a la suya. Era hora de entrar en los sueños del cliente a través de las puertas de su alma.

Yaya había imaginado que la mente del anciano sería cálida como la puesta de sol, sin embargo era bastante oscura. Aun así, conservaba cierto calor, por lo que no sintió miedo alguno. Las emociones entrelazadas con sus sueños y el millar de inquietudes que causaban su insomnio se materializaron frente a los ojos del búho, alternando entre el pasado y el presente. De repente, una visión del anciano en su juventud se hizo más fuerte. Después de casarse y a medida que sus hijos crecían, dejó su trabajo y se lanzó al mundo de los negocios, pues quería darle una mejor vida a su familia. Pero el recorrido no había sido nada fácil: fue estafado por alguien en quien confiaba y sus deudas no hicieron más que aumentar. Una imagen suya, solo y llorando en silencio, apareció fugazmente.

Tras superar aquel tropiezo, el negocio había prosperado poco a poco. Sentía orgullo al pensar que había alcanzado cierto nivel de éxito y, aunque sus obligaciones también aumentaron, su vida había mejorado de manera considerable. Yaya soltó un suspiro de alivio. Pero inmediatamente vislumbró un recuerdo peculiar en los rincones de la mente del anciano.

En cada una de estas escenas flotaba una niebla espesa. Yaya había pensado que era solo eso, pero pronto se dio cuenta de que en realidad era humo de cigarrillo. Era casi imposible para el hombre dejar de fumar. Había ido a una clínica para que le recetaran medicamentos, había utilizado parches de nicotina e incluso había probado a tomar caramelos para intentar olvidarse del tabaco. Pero ninguno de estos métodos le había funcionado, por lo que pronto desistió. Yaya pudo ver cómo, cada vez que se sentía preocupado, calmaba su mente fumando un cigarrillo.

Un día el hombre descubrió que su salud se había deteriorado notablemente. Unos meses antes le había dado un ataque de tos y entonces se dio cuenta de que algo no andaba bien. Sentía una extraña opresión en el pecho, como si tuviese algo atascado, y se quedaba sin aliento tras unos cuantos pasos. No era una simple tos. Nervioso, se dirigió al hospital y finalmente descubrió lo que tenía.

—Debe de llevar mucho tiempo sintiéndose mal. Hemos encontrado células malignas a lo largo y a lo ancho de sus pulmones. Si hubiese venido antes...

Le diagnosticaron cáncer. Afortunadamente no era demasiado tarde, pero el médico opinaba que dejarlo sin tratar sería peligroso. El anciano comenzó a preguntarse qué era lo que realmente quería hacer. La respuesta estaba clara: quería pasar más tiempo con su familia antes de que el cáncer avanzara y su salud se deteriorara aún más.

Liquidó su negocio y puso en orden el dinero que había ahorrado con tanto afán. En su juventud, su único propósito había sido ahorrar todo lo que pudiese, pero ahora aquel empeño le parecía inútil. Nada de lo que había acumulado durante tantos años era realmente importante. Se había partido el lomo trabajando con la excusa de que lo hacía por su familia, cuando en realidad se alejaba de ella. No estuvo presente en las ceremonias de graduación de sus hijos ni pudo llevarlos de viaje. Se sentía a la vez agradecido y apenado por su esposa, quien siempre había permanecido a su lado, pero no sabía cómo expresar sus sentimientos. Por culpa del trabajo, pasaba la mayor parte del tiempo en reuniones con clientes, y los días en los que no tenía citas se encerraba en su habitación a dormir. Así transcurrían también los fines de semana, en los que dejaba a su familia de lado con el pretexto de que estaba demasiado cansado.

El anciano no tenía una relación cercana con nadie. Sus hijos se sentían incómodos a su lado y él, por su parte, no conocía sus pensamientos y preocupaciones. Solo sabía lo que su esposa le contaba de ellos. Aquello lo entristecía, aunque el dolor pasaba rápidamente, ya que tenía la certeza de que iba por el camino del éxito. A veces se preguntaba si no había sido el dinero sino él mismo quien le había causado tantos problemas a su familia, y lamentaba el tiempo perdido. Para empeorar las cosas, aún no había sido capaz de contarles que tenía cáncer, y ese secreto lo carcomía por dentro.

Yaya observó todo esto en silencio. El anciano se debatía entre el amor y el dolor, y estos sentimientos le pesaban tanto que no sabía cómo expresarlos. Sumido en sus pensamientos, el búho extendió su capa y voló fuera de los sueños del hombre.

—¿Qué objeto sería bueno para él? —preguntó Yaya tan pronto regresó.

—Humm, quién sabe. Por lo pronto dejemos que descanse —respondió Oslo reflexivo, apartando a un lado su almohada cervical, de la cual nunca se separaba, y situándose junto a la vitrina.

Después de un buen rato, el hombre finalmente despertó.

—¿Ha dormido bien? —preguntó Oslo.

—Como un tronco. Hacía tiempo que no me ocurría... Últimamente, cada vez que me acuesto me entra un ataque de tos y el pecho me duele tanto que se me hace imposible descansar. ¡No sé qué miel usan, pero parece muy buena!

Al oír eso, Yaya lanzó una mirada al frasco de miel, decorado con una luna creciente, cuyo contenido brillaba gracias al resplandor lunar.

—Me alegro mucho. Le recomendaré algo que lo ayude a dormir igual de bien de ahora en adelante. Por aquí, por favor.

El anciano se puso de pie con dificultad y se dirigió con lentitud hacia la vitrina. Como si nunca hubiese dudado, Oslo sacó una bola de nieve del segundo estante y se la extendió al cliente. Como envuelto por una cálida luz lunar, el paisaje en su interior evocaba un hermoso sueño, o quizá el deseo de alguien que anhelaba ir muy, muy lejos. El anciano distinguió una cabaña rodeada de árboles, en cuyo techo se apilaba la nieve. Era un mundo diminuto, completamente cubierto por un manto blanco.

—Yo mismo la fabriqué. La verdad es que no está a la venta. Fíjese bien en donde se acumula la nieve —dijo Oslo, señalando un punto con el dedo.

La mirada del hombre siguió el gesto, y Oslo sacudió la bola.

Inmediatamente, la luz de la luna se dispersó por todo el interior y comenzaron a aflorar los recuerdos más preciados del hombre: el instante en que conoció a su esposa y el día en que le pidió matrimonio con la promesa de pasar el resto de su vida juntos. También pudo ver las lágrimas de felicidad que derramó con los nacimientos de sus hijos y con la fiesta de cumpleaños que le preparó su familia. Un torrente de hermosos recuerdos surgió, uno tras otro. Absorto en la bola de nieve, el hombre sintió que los ojos se le llenaban de lágrimas.

—Lo que su familia necesita en este momento no son riquezas ni posesiones, sino a usted. El mejor regalo que puede hacerles es expresarles el amor que siente por ellos —explicó Oslo.

La luz de la luna dentro de la bola se fue desvaneciendo y, junto con ella, los recuerdos del anciano. Este asintió y dijo:

—Vaya, ya había olvidado esos momentos. Muchas gracias por mostrarme recuerdos tan alegres. Ahora sé que debo hablar con mi familia antes de que sea demasiado tarde.

El cliente parecía mucho más tranquilo y aquello conmovió a Yaya. Los ojos del búho se empañaron y, al darse cuenta, Oslo le dio un suave toquecito en las alas antes de dirigirse al cliente:

—¿Le gustaría llevarse una mezcla de mi té medicinal? Caliéntelo y compártalo con su familia; los ayudará a relajarse.

Oslo fabricaba aquel té medicinal para las personas que sufrían de insomnio, atormentadas por su agobiante realidad. Así como un té herbal antes de dormir puede aliviar un resfriado, quizá también podría ayudarlos a deshacerse de las preocupaciones que los mantenían en vela durante la noche. La situación del hombre le había dejado un nudo en la garganta, pero se contuvo sabiendo que sería descortés mostrar tristeza delante de un cliente.

—Cuando vuelva a casa, compartiré este té con mi familia y les contaré lo que siento. Hoy me he dado cuenta de que lo más valioso que puedo dejarles es lo que guardo en mi corazón. Los recuerdos que me mostró la bola de nieve me han dado fuerza. Muchas gracias, de verdad. Muchas gracias.

Silenciosamente, Oslo y Yaya oraron por la felicidad del anciano.

El cliente salió del taller con una pequeña cajita llena de té medicinal, y su figura parecía plena y feliz. La luz del atardecer que se filtró por la puerta abierta bañó el interior del taller con su calor. Pensando en lo valioso que era su trabajo, Yaya fue hasta la puerta y giró el letrero.

Era hora de dar por terminada la jornada.

Muñecas antiestrés y una receta para la preocupación

Sexta clienta

Una mañana en la que Oslo y Yaya aún dormían plácidamente, el ruidoso sonido del teléfono rompió el silencio.

—El taller de los dulces sueños. ¿En qué puedo ayudarle? —dijo Oslo, medio dormido. Al echar un vistazo al reloj, vio que apenas eran las ocho de la mañana.

—Perdón por llamar tan temprano. Me gustaría comprar varios objetos para atraer dulces sueños. ¿Es posible reservar algunos antes de que otras personas los compren? —respondió apresuradamente una mujer al otro lado del teléfono.

—Entiendo. Lo lamento, pero nuestra política es recomendarle un objeto personalizado después de haber examinado sus sueños. Por tanto, no hacemos reservas —explicó Oslo con tono resuelto.

La mujer replicó que iría dentro del horario comercial y colgó apresuradamente. Yaya, que había alcanzado a oír la conversación, se posó silenciosamente sobre el hombro de Oslo. Este le acarició suavemente el plumaje y suspiró antes de decir:

—Parece que hoy nos visitará otra clienta llena de preocupaciones.

La pareja comenzó a preparar el taller para su apertura. Mientras Yaya barría y fregaba el exterior, Oslo se encargó del interior limpiando las cenizas acumuladas en la chimenea durante la noche, comprobando que hubiese suficiente miel y revisando uno a uno los objetos para atraer dulces sueños exhibidos en la vitrina. Una vez terminados los preparativos, Yaya cambió el letrero de la entrada a ABIERTO y se estiró vigorosamente, preparándose para recibir a los clientes de aquel nuevo día.

En ese preciso instante alguien llegó al taller. Al oír la campanilla de la entrada, Oslo, de pie junto a la vitrina, levantó la mirada.

—Esto… Soy quien llamó esta mañana —dijo una mujer con una bebé en un cochecito, acompañada de un hombre que parecía ser su marido.

Algunos clientes anteriores habían sido padres o madres que venían con sus hijos, pero era la primera vez que los visitaba una familia con un bebé tan pequeño. Oslo estaba dichoso y Yaya se acercó al cochecito para saludar. «Mira esos piececitos tan pequeños. ¡Qué mona!», pensó.

El búho estaba embelesado observando los diminutos pies, los cachetes y las orejas de la niña. Esta también parecía encantada, pues tocaba las plumas de Yaya y se echaba a reír. Su carita regordeta no mostraba signos de preocupación ni de insomnio, así que Yaya miró a la pareja. Era evidente que llevaban varios días sin dormir bien, por lo que supo que debía preparar rápidamente un té caliente con miel y escuchar qué era lo que los agobiaba.

—Les ofreceremos un delicioso té con miel y una pizca de magia. Pónganse cómodos —dijo Oslo con un gesto, después de coger una mullida silla del almacén.

La mujer sacó a la bebé del cochecito y la tomó en brazos con delicadeza. Mientras tanto, Yaya preparó la infusión y la colocó frente a la pareja en una mesita baja. Ellos observaron maravillados cómo el búho tomaba la tetera con sus garras y les servía dos tazas. Yaya se sintió orgulloso de sí mismo, pero intentó ocultar su expresión de satisfacción. Mientras tanto, Oslo echó unos cuantos leños más a la chimenea para asegurarse de que la familia no pasara frío.

—Su bebé es adorable. ¿Cómo se llama? —preguntó Oslo.

—Esta es Yuhee. Lee Yuhee. ¿A que es monísima? Por cierto, había oído que uno de los trabajadores del taller era un búho, ¡pero verlo en persona resulta aún más increíble! —respondió la mujer mientras acariciaba a su hija con una mano.

Como si entendiese las palabras de su madre, la pequeña fijó la mirada en el búho posado sobre el hombro de Oslo.

—Este es Yaya, mi maravilloso asistente y un miembro más de mi familia. Pero parece que ya conocía nuestro taller, considerando que nos llamó esta mañana.

—Solemos buscar información sobre crianza de niños en foros de internet. En una de estas páginas, alguien mencionó el taller de los dulces sueños. Dijo que era el lugar perfecto para las personas que no pueden dormir por cuidar a sus hijos. Últimamente lo estamos pasando muy mal…, así que cuando oímos que ustedes tenían algo que nos ayudaría a conciliar el sueño, pensamos que sería mejor llamar —contestó el padre.

Luego añadió que había cogido un permiso de paternidad para dedicarse por completo al cuidado de su hija. Tal vez gracias al ambiente acogedor del taller, la bebé se había quedado dormida en brazos de su madre. Al notar que los párpados de la pareja comenzaban a cerrarse, Oslo se levantó en silencio. Mientras hablaban con él, el cansancio y el agobio de las noches sin pegar ojo habían aflorado en sus rostros, así que tanto Oslo como Yaya esperaban que, al menos durante ese momento, pudiesen relajarse y descansar.

Cuando la familia entera estuvo dormida, Yaya decidió entrar primero en el sueño de la madre. Al apoyar su cabeza contra la de ella, una niebla se extendió por su mente, sus ojos se oscurecieron como el cielo nocturno y una aurora se reflejó en ellos. A continuación, el alma del búho salió de su cuerpo, ataviada con la capa; Oslo se colocó el antifaz de búho y se recostó en su sillón. Era hora de descubrir por qué la pareja no podía dormir.

El mundo de los sueños de la mujer era caótico. Apenas entró en él, Yaya pudo sentir la inestabilidad reinante. Estaba a rebosar de emociones: amor por su bebé, pero también cansancio y ansiedad. La mente de la mujer se tambaleaba de forma precaria, completamente fuera de equilibrio.

Durante el embarazo, la mujer había estado un tiempo sin trabajar. Después de dar a luz, había experimentado una felicidad extrema que no se comparaba con nada del mundo. Sin embargo, aquella dicha fue efímera: la vida como madre primeriza estaba llena de dificultades. La tristeza fue invadiéndola poco a poco, acompañada de una constante opresión interior. A veces bebía agua con gas hasta que le producía la sensación de estar a punto de reventar, y en esos momentos en que se encontraba tan mal pensaba que tal vez era mejor morir. En otras ocasiones deseaba poder retroceder en el tiempo y volver al pasado, aunque se animaba diciendo que debía ser fuerte por su hija, a quien amaba más que a nadie. Sin embargo, la pequeña Yuhee dormía muy poco y se despertaba con frecuencia. La mujer se levantaba cada vez que la bebé lloraba en plena noche, pero le resultaba imposible ignorar la ola de cansancio que la invadía. En esos momentos, quería echarse a llorar desconsoladamente junto a su hija. Su marido, que también se levantaba de madrugada para cuidar de la niña, comenzaba a mostrarse irritable y decía que no podría volver al trabajo si aquello continuaba. Esas palabras la herían, e inevitablemente terminaban discutiendo. Enfadado, el padre se iba a dormir a otra habitación y la madre acababa haciéndose cargo toda la noche. Aunque lograba dormir un poco por la mañana, estaba siempre exhausta y anhelaba tomarse un descanso.

Yaya salió del sueño de la madre y se deslizó hacia el del padre, que le dio una impresión completamente distinta. Los recuerdos del hombre comenzaron a emerger frente a sus ojos.

—Señor Lee —dijo una voz severa—, hemos notado que últimamente descuida su trabajo y se queda dormido durante el horario laboral. Sus compañeros se están quejando. Entendemos que está atravesando una etapa complicada, pero necesitamos que sea responsable.

Noche tras noche, el llanto de Yuhee rompía el equilibrio de su vida. Cuando su mujer se levantaba para calmarla, él la seguía en un intento de ayudar, por lo que nunca podía descansar lo suficiente. De manera inevitable, a la mañana siguiente se sentía agotado y cometía errores en el trabajo, lo que provocaba que los reproches de su jefe fueran en aumento. En consecuencia, cada vez estaba más irritable.

Cuando su mujer volvió a trabajar, él pidió un permiso para cuidar de Yuhee. Estaba decidido a hacer lo mejor como padre, pero se encontraba lleno de dudas acerca del futuro, y a menudo se preguntaba si podría reincorporarse debidamente al trabajo. Además, estaba agotado de pasar el día atendiendo las necesidades de la bebé. Su esposa se ocupaba de ella por las noches y durante los fines de semana, pero aun así no era fácil.

De pronto apareció un nuevo recuerdo; esta vez ella le decía:

—Amor, ¿puedes cuidar de Yuhee este sábado? No he podido descansar bien últimamente.

—Ya me ocupo de ella durante la semana. Necesito descansar un poco los fines de semana —respondió él.

—Yo estoy igual, no he podido tomarme un respiro desde hace semanas. Tanto trabajo me tiene agotada. Antes de que cogieras el permiso de paternidad, yo me encargaba de las tareas del hogar y de la bebé, y tú dormías hasta tarde los fines de semana alegando que estabas cansado. ¿De verdad es tan difícil pedirte que me ayudes solo un día?

Las discusiones entre ambos se convirtieron en algo habitual y, poco a poco, la energía que los unía como pareja comenzó a desvanecerse. Cada vez les costaba más recordar los momentos felices que habían compartido desde que se casaron. Para colmo no tenían quien los ayudara, puesto que los padres de ella habían fallecido hacía mucho y la madre de él vivía demasiado lejos. Al mismo tiempo se sentían culpables por quejarse, como si hacerlo fuese una traición al profundo amor que sentían por su hija. A medida que Yuhee iba creciendo, ya no se despertaba con tanta frecuencia ni lloraba tanto, pero la pareja seguía sin poder dormir bien. La idea de que eran unos malos padres los abrumaba, a pesar de que hacían todo lo que estaba en sus manos.

—Siento mucho haber actuado así el fin de semana pasado. Debí haber sido más considerado… Salgamos este fin de semana; podemos comprar algo para Yuhee y aprovechar para descansar un poco —dijo el hombre con una sonrisa avergonzada, rompiendo la tensión.

—No, yo también lo siento. Prometimos ser buenos padres para nuestra querida hija, ¿no es así? Realmente quiero ser una buena madre —respondió su esposa, arrepentida, mientras lo tomaba de la mano.

Al verlos esforzarse tanto, Yaya sintió una punzada de emoción. «Así que esto es ser padres», pensó. Al salir del sueño, Yaya echó una mirada a la bebé y a sus padres, temeroso de haberlos despertado. Oslo ya estaba de pie y también los observaba con ternura.

—¿Ya has decidido qué vas a darles? —preguntó Yaya.

—Estoy pensándolo —respondió Oslo, acercándose a la vitrina, impregnada por la luz de la luna.

La vitrina estaba más vacía de lo habitual, pero Oslo no dudaba de que podría encontrar el objeto perfecto para la familia. Los tres llevaban ya un buen rato profundamente dormidos. Era una tarde que invitaba al sueño y Oslo comenzó a cabecear mientras esperaba a que se despertasen. El único que permanecía con los ojos bien abiertos era Yaya, que vigilaba a Yuhee. La bebé parecía estar teniendo un buen sueño, pues sonreía y emitía pequeños gorgoteos. Su aspecto era adorable.

La madre comenzó a moverse y Yuhee se despertó, llorando de inmediato. El padre se levantó de un salto y la tomó en brazos para calmarla. Lo hizo con gran habilidad, no quedaba rastro alguno del padre primerizo de sus recuerdos.

Yaya dio unos golpecitos con el pico a Oslo para que se despertara. Este se puso en pie rápidamente y se acercó a los clientes.

—Lo siento, también me he quedado dormido —se justificó Oslo con una risita, avergonzado por haber sido sorprendido.

—No pasa nada, nosotros nos hemos quedado fritos. Es la primera vez en mucho tiempo que podemos descansar sin preocuparnos por nada —dijo el hombre, mientras mecía a la bebé en brazos.

Yaya recalentó el té con miel que había sobrado y lo volvió a colocar en la mesita delante de la pareja.

—Al principio pensé en recomendarles un objeto a cada uno, pero creo que tengo algo mejor —reveló Oslo.

De la vitrina sacó una caja que contenía tres pequeñas muñecas de tela, cada una con un pequeño papel que era como una receta médica para la preocupación. En él podían anotar sus datos personales y aquello que los aquejaba. También podían escribir el nombre que le querían dar a su muñeca, su cumpleaños y cualquier otra cosa que desearan contarle. Una de ellas era amarilla, con forma de estrella; otra, de color rosa y con forma de corazón; la última, de un azul profundo, parecía una gota de agua. Unos días antes, Oslo las había hecho a mano con trozos de fieltro comprados en el mercado lunar.

—Estas son unas muñecas antiestrés que vienen con una receta para la preocupación. Primero tienen que rellenarla: escriban cómo se sienten, aquello que les causa culpa y lo que está desbaratando su vida. Expliquen también con todo detalle lo que más aprecian. Cuanto más honestos sean, mejor funcionarán. Por último, antes de dormir, cuéntenles sus preocupaciones y también lo que más atesoran. Háganlo justo antes de cerrar los ojos —explicó Oslo con una sonrisa.

Estaba seguro de que confiar sus preocupaciones a las muñecas ayudaría a los padres a dormir mejor. Además, aunque no lo había mencionado, el papelito de la receta médica serviría como una cápsula de la memoria para que, cuando Yuhee creciese, pudiese echarle un vistazo y comprender el amor con el que la habían criado. Sin embargo, la pareja parecía no darse cuenta de que el gran amor que sentían por su hija la protegía y servía de pilar para su futuro. Oslo prosiguió:

—No traten a su bebé con culpa o preocupación, sino con el mero deseo de ser buenos padres. Esa ternura será suficiente. Las muñecas le transmitirán esos buenos deseos a Yuhee. Por el contrario, si se preocupan demasiado, esos sentimientos negativos carcomerán sus corazones, y eso no será bueno para su hija.

—Creo que estaba muy alterada cuando llamé esta mañana. Realmente no sabía cómo íbamos a seguir soportando esta situación y pensé que sería suficiente con que los tres pudiéramos dormir tranquilos. La verdad es que creo que estábamos ansiosos porque es algo a lo que nunca nos habíamos enfrentado antes. «¿Y si todo sale mal? ¡Pero si apenas estamos empezando!», pensábamos. Aún nos falta mucho por recorrer, pero, tal como sugiere, intentaremos confiar nuestras preocupaciones a las muñecas antiestrés y reflexionar sobre lo que de verdad importa —dijo la mujer con los ojos llenos de lágrimas.

—Muchísimas gracias. Logramos descansar por el solo hecho de venir y ahora nos vamos mucho más tranquilos —añadió el hombre.

Posado en el hombro de Oslo, Yaya extendió sus alas con alegría.

—Somos nosotros quienes debemos darles las gracias. Ha sido un placer tenerles en nuestro taller. La calle está algo resbaladiza, así que presten atención al salir.

Cuando Oslo terminó de despedirse, Yuhee esbozó una gran sonrisa, como si comprendiese sus palabras. La sonrisa de la bebé iluminó el lugar aún más que la luna llena.

El secreto de su guardarropa a cuadros

Oslo y Jeong Ian

Cortar las patatas en rodajas finas y sofreírlas hasta que se doren.

Saltear con abundante mantequilla, añadir nata, leche y agua, y dejar hervir.

Cortar los ramilletes de brócoli y añadirlos a la mezcla junto con un puñado de perejil.

Terminar con una pizca de especias del mercado lunar.

El delicioso aroma de la sopa de patatas llenó el taller de los dulces sueños. Aquella era una noche de luna llena y el día en que se tomaban un descanso, así que decidieron preparar una buena comida mientras esperaban a que oscureciese. Desafortunadamente, al atardecer comenzó a levantarse una espesa niebla y las nubes ennegrecieron el cielo, por lo que Yaya no estaba seguro de poder llegar hasta el mercado lunar. Oslo, que ya había hecho la lista con los productos que pensaba comprar, dejó caer los hombros, decepcionado.

—No te preocupes, el mercado será aún más grande el mes que viene. ¿Qué tal si hoy nos quedamos aquí y hacemos todo lo que queramos? —preguntó Yaya. Al ver que Oslo continuaba decaído, incluso después de haber tomado un buen tazón de sopa, añadió enérgicamente—: ¡La próxima vez habrá una superluna! Dicen que ese día el mercado lunar crece como nunca. Entonces podremos comprar un montón de materiales para fabricar nuestros objetos.

Al oír mencionar la superluna, el rostro de Oslo se iluminó y aceptó la sugerencia de Yaya de quedarse en el taller, relajándose y comiendo cosas deliciosas.

El día aún no había terminado, así que Oslo y Yaya decidieron disfrutar tranquilamente de las últimas horas de la tarde. Oslo preparó una masa con harina, huevos y leche, la cocinó en la sartén hasta que estuvo dorada y la espolvoreó ligeramente con azúcar en polvo del mercado lunar. Luego, la remató con una generosa cucharada de miel. Aquellas tortitas eran su plato estrella.

—¡Están esponjosas y deliciosas! —exclamó Yaya.

—Mis tortitas nunca fallan, al igual que mis ganas de dormir —respondió Oslo.

Durante su época de estudiante, siempre había estado rodeado de buenos amigos. Gracias a ellos, el dormilón de

Oslo podía estar tranquilo, ya fuese en el autobús o en el aula de clase, pues, cada vez que cerraba los ojos, alguno de ellos se acercaba a despertarlo. Se sentía agradecido pero también culpable, ya que a menudo también le sucedía en medio de alguna conversación con ellos. Por eso después de clase los invitaba a su casa y preparaba platos deliciosos. Uno de ellos eran aquellas tortitas. Oslo, cuyo pasatiempo era la repostería, se esmeraba mucho. Cuando sus amigos le decían que eran lo más rico que habían probado nunca, se le escapaba una sonrisa.

Las tortitas de Oslo no solo eran dulces o saladas, sino que también guardaban recuerdos especiales: con cada mordisco, sus amigos podían rememorar momentos alegres y entrañables. Esos recuerdos estimulaban sus paladares y hacían que las tortitas les supiesen especialmente deliciosas.

Tras llenarse con estos esponjosos dulces, Oslo y Yaya recuperaron la energía para ponerse a limpiar con entusiasmo. Mientras Oslo fregaba el suelo y desempolvaba cada rincón, Yaya sobrevoló el taller para examinar el edificio desde fuera y comprobar si había algún daño o zona que requiriese una nueva capa de pintura. Luego hicieron la colada, la colgaron junto a la chimenea y avivaron el fuego para que se secara pronto. También recogieron la cocina y lavaron los platos. Para cuando hubieron terminado con la azotea, que solo limpiaban de tanto en tanto, la luz de la luna llenaba todo el taller.

Sin darse cuenta, había caído la noche. La luna brillaba con intensidad a través de la espesa niebla, como consolando a Oslo por no poder ir al mercado lunar.

—Buen trabajo, Yaya.

—Ahora que hemos puesto en orden el taller, ¿qué tal si nos centramos en cuidar el cuerpo también?

Oslo se quedaba dormido en cualquier momento y posición, y a menudo le dolían el cuello y la cadera, por lo que necesitaba un buen estiramiento. De la misma manera, a Yaya se le resquebrajaba el pico y comenzaba a perder plumas cuando estaba cansado, por lo que necesitaba hidratarse y hacer un breve vuelo. Ambos se pusieron manos a la obra. Oslo se tomó sus vitaminas y estiró el cuerpo lentamente, desde las muñecas y el cuello hasta los brazos y la cadera. Yaya se aplicó loción hidratante por todo el cuerpo y, satisfecho, estiró las alas y salió para dar un paseo.

Tristemente, la espesa niebla y las nubes le impedían ver bien el cielo, pero se consoló pensando que así era menos agotador para sus ojos. Decidió alargar su paseo sobrevolando el vecindario y pudo ver cómo las luces comenzaban a encenderse una a una a medida que oscurecía. También vio grupos de personas reunidas frente a restaurantes para cenar y pasó frente a su tienda de decoración favorita, que estaba repleta de muñecas y todo tipo de materiales. Sobrevoló una peluquería recientemente inaugurada y un complejo residencial, donde se encontró con caras conocidas.

Aquel pequeño paseo renovó su afecto por ese lugar tan bonito y apacible.

Cuando estaba a punto de regresar al taller, vio a una joven que caminaba rápidamente en su dirección. Quiso saludarla, pero recordó que las personas comunes y corrientes no podían entenderlo, así que se limitó a volar en pequeños círculos junto a ella.

—¡Pero qué sorpresa, si es Yaya! Justo ahora iba de camino al taller. Pensaba dejarles un regalo en el buzón… ¿Está bien si paso un momento a visitarlos?

Era la chica que había comprado las cortinas invernales unos meses atrás, tras pasar noches en vela por culpa de su amor no correspondido. Yaya se posó suavemente sobre su hombro como gesto de aprobación y se dirigieron juntos hasta el taller.

—Yaya, ¿estás de regreso? —dijo Oslo mientras terminaba sus ejercicios de estiramiento. Sacudió enérgicamente las manos y los pies, e hizo un gran círculo con el cuello para terminar. En aquel momento, sus ojos se posaron en la entrada y se sorprendió al ver al búho con alguien más.

—Hola, ¿qué tal está? Qué sorpresa verla llegar con Yaya.

—Sabía que descansaban los días de luna llena, así que venía a dejarles un regalo en el buzón. Me encontré con Yaya por casualidad y, cuando se posó sobre mi hombro, lo interpreté como una señal de que estaba bien venir a visitarles —respondió la joven con aire ligeramente avergonzado, entregándole una caja de galletas.

—Por supuesto que está bien, póngase cómoda.

Oslo señaló los asientos junto a la mesa. La chica se sentó y comenzó a relatar los acontecimientos de los últimos meses. Mientras tanto, Yaya se dirigió a la cocina a preparar un té de pomelo para la clienta.

—Ese día colgué las cortinas en mi habitación tan pronto como llegué a casa, pero después de varios días los sentimientos por mi amigo continuaban igual de fuertes. Aun así, no dejé de imaginar que afuera nevaba sin cesar, como me indicaron. Con el paso del tiempo, mi corazón se fue calmando poco a poco y, una vez desapareció mi ansiedad, el sueño volvió de forma natural. Durante los meses siguientes dediqué más tiempo a centrarme en mí misma. En lugar de intentar olvidar los momentos de angustia por mi mal de amores, creo que simplemente llegué a aceptar mis sentimientos como algo natural que cualquier persona experimenta y eso me ayudó a calmarme.

—Me alegra saber que las cortinas le han sido de ayuda —respondió Oslo con una sonrisa.

—También hay algo bastante importante que debo contarles… —dijo la joven titubeando y sonrojándose aún más que la primera vez que había visitado el taller—. Justo cuando recuperé el sueño y comencé a sentirme más tranquila, noté que la actitud de mi amigo empezó a cambiar. De pronto, aquella comodidad amistosa se convirtió en la tensión propia de dos enamorados… y, cuando me quise dar cuenta, me confesó su amor.

—¡Qué maravilla! Dicen que debemos tener paz y estabilidad en nuestro interior para que el amor llame a nuestra puerta. ¡Enhorabuena! —declaró Oslo con alegría.

Desde el hombro de Oslo, Yaya batió sus alas con entusiasmo al oír las palabras de la clienta. El agradable y electrizante olor a nieve fresca parecía flotar en el aire. «Qué bueno es poder ser el asistente del taller de los dulces sueños. Es un trabajo tan importante y hermoso...», se dijo el búho, conmovido.

Mientras Oslo se despedía de la joven, pensó que las personas enamoradas irradiaban felicidad incluso de espaldas. Quizá así se manifestaba la alegría de alguien que acababa de comenzar un romance. Aquel día, la luz de la luna que se filtraba por el taller parecía brillar aún más.

Era el momento de dar cierre a un día particularmente ajetreado. Yaya añadió más leña a la chimenea, lo que llenó el ambiente con un agradable olor a madera, y Oslo encendió una lámpara cuyos cristales emitían un resplandor místico y onírico, similar al de una aurora boreal.

Oslo tenía su propio ritual para terminar el día: abría el armario, hecho de madera de caoba oscura, y echaba un vistazo dentro. El suyo era un armario bastante singular, pues era tan alto como él y estaba lleno de punta a punta de cómodas prendas a cuadros. Cualquier otra persona habría pensado que eran todo pijamas, pero Oslo sabía distinguir claramente entre su ropa de dormir y la de diario. Ni siquiera Yaya, que llevaba años viviendo con él, reconocía la diferencia. En realidad, Oslo tenía un sistema: en el lado izquierdo colocaba los pijamas y en el derecho su ropa para el día. Todas las prendas estaban confeccionadas del mismo suave tejido a cuadros y Yaya se preguntaba cómo era posible que Oslo hubiera llegado a coleccionar solo ropa con este estampado. Pero, cuando le preguntaba, él simplemente sonreía.

—¿Por qué rayos toda tu ropa lleva el mismo diseño? Ya es hora de que me lo expliques, ¿no? —preguntó el búho acercándose a Oslo, mientras este escogía un pijama.

—Sí. Supongo que ya es hora de que lo sepas.

○ ○ ○

Cuatro años atrás, Oslo estaba atravesando un periodo de muchas preocupaciones. Un día, mientras deambulaba por el barrio preguntándose qué podía hacer para llevar una vida feliz y tranquila, se topó con una cafetería con un jardín muy bien cuidado. El lugar no era muy grande, pero resultaba acogedor y cálido. Allí Oslo conoció a alguien con una sonrisa deslumbrante. En el momento en el que la mujer le tomó el pedido, sintió como si su corazón hubiese sido arrasado por una poderosa ola.

—¿Qué desea tomar?

—Ah, hola. Querría un té de yuzu caliente, por favor —respondió él, nervioso por aquella emoción desconocida.

La mujer sonrió levemente y dijo que llevaría la bebida a su mesa.

Oslo se sentó y sacó la libreta que llevaba consigo. Cuando hacía buen tiempo, le gustaba entrar en alguna cafetería y dibujar o anotar sus pensamientos, pues eso le ayudaba a organizar su mente. Normalmente también habría reflexionado sobre qué podría hacer con su vida, pero aquel día su corazón latía con fuerza y sus manos temblaban, impidiéndole mover el bolígrafo como deseaba. Antes de entrar en la cafetería lo había invadido una dulce sensación de somnolencia, pero en el momento en que entró y vio a esa mujer, su mente se despertó de golpe y el sueño que sentía desapareció por completo. «Así que puedo mantenerme despierto en momentos como este...», pensó.

—Aquí tiene. Que lo disfrute —dijo la chica, entregándole la bebida.

Oslo quería hablar con ella. Sabía que se arrepentiría si se marchaba de la cafetería sin haberle dirigido la palabra.

—Yo... vivo por aquí cerca —le soltó. Y luego pensó: «¡Idiota! ¡Le has dicho dónde vives incluso antes de darle tu nombre!». Estaba furioso consigo mismo.

—Ya veo. Espero que le guste su infusión —respondió ella con una sonrisa que no dejaba entrever si era consciente de los sentimientos que había despertado en Oslo.

Él no sabía explicar por qué, pero tenía la sensación de que aquel momento era el más importante de su vida. No podía dejarlo escapar. Bebió lentamente, intentando calmar su desenfrenado corazón.

—Muchas gracias, está deliciosa. Creo que antes no me presenté como es debido. Lo que quería decir es que me llamo Oslo y vivo por el barrio —dijo con voz temblorosa, reuniendo todo el valor que tenía. Mientras hablaba sintió que el rostro se le enrojecía.

Al oírle, la chica puso cara de sorpresa, pero enseguida esbozó una sonrisa. Era evidente que la honestidad de Oslo había sido bien recibida.

—Mucho gusto, yo me llamo Jeong Ian. Le queda muy bien esa camisa de cuadros.

Y así fue como comenzó su historia con Ian. Oslo dejó de dormir tanto y comenzó a visitar la cafetería con más frecuencia. Las flores del jardín florecían cada vez más abundantes, la decoración de la cafetería cambiaba con cada visita y había pequeños detalles que solo se podían apreciar desde cerca. Todo esto le demostraba a Oslo cuán diligente era Ian y cuánto disfrutaba de su trabajo. Aunque otros quizá no lo notaran, Oslo, con su creatividad y su naturaleza meticulosa, lo veía todo. Sus sentimientos por ella se hacían más profundos cada día que pasaba.

Algunos días se decidía por una limonada, otros por una infusión de yuzu. De cualquier manera, el comportamiento siempre sincero y tranquilo de Oslo hizo que la chica le abriese poco a poco su corazón.

—¿Hoy también vas a querer una infusión? Hace un poco de frío, así que la prepararé bien caliente.

Cuando lo veía entrar, Ian iba a por el bote de mermelada de yuzu con la que preparaba la bebida que a él tanto le gustaba.

A partir de algún momento, las visitas de Oslo se volvieron cada vez menos frecuentes hasta que dejó de ir durante un tiempo. Jeong Ian pensaba mucho en él. Echaba de menos a aquel chico tímido y sincero que se había esforzado tanto por acercarse a ella.

En esa época, Oslo se estaba preparando para abrir el taller de los dulces sueños. Quería poner lo mejor de sí, pues sabía que era bueno para aquel trabajo, pero también requería mucha preparación. El pobre trabajó sin descanso: tuvo varios empleos para poder ahorrar y también fabricó varios objetos para vender en el taller. Aunque estaba cansado y no podía dormir mucho, el tener un objetivo que alcanzar le daba fuerzas. Cuanto más difícil se ponía la situación, más se esforzaba por imaginar el taller terminado y más se enfocaba en su trabajo. Por supuesto que extrañaba a Ian, pero no disponía de tiempo. Además, quería acabar pronto y enseñarle el maravilloso taller terminado. De lunes a viernes trabajaba sin cesar y los fines de semana caía en un sueño tan profundo que ni siquiera se movía. Pero, un día, Oslo al fin se tomó un descanso y decidió ir a la cafetería.

«Tendré que explicarle por qué no he podido visitarla todo este tiempo… ¿Habrá pensado siquiera en mí?», se preguntó, preocupado. Decidió dejar a un lado esos pensamientos y se puso la camisa a cuadros que Ian había elogiado.

—Hacía mucho que no venías —exclamó ella, radiante, en el momento en que vio a Oslo entrar.

—He estado un poco ocupado últimamente —respondió él.

Tomaron un té juntos por primera vez en mucho tiempo y hablaron de todo lo que había pasado mientras no se habían visto. El corazón de Oslo se llenó de una felicidad incomparable. Deseaba seguir charlando así para siempre, pero era incapaz de confesarle todos sus sentimientos, por lo que se limitó a sonreír.

—Me preguntaba si estarías bien, como no has venido en todo este tiempo…

Cuando Oslo dejó de visitarla a diario, Ian comenzó a esperarlo. Y, justo cuando lamentaba que tal vez no volvería a verlo nuevamente, este entró en la cafetería como si lo hubiese invocado por arte de magia. Al verlo, la chica se sintió invadida por una extraña mezcla de alegría y reproche.

—En realidad me estoy preparando para abrir un negocio. He estado trabajando sin descanso y no me di cuenta de que había pasado tanto tiempo.

—¿Qué tipo de negocio?

—Un taller que ayude a las personas a tener un sueño reparador. Afortunadamente desde pequeño he sido muy dormilón. Incluso se podría decir que es lo que más me gusta hacer y lo que mejor se me da. Pero, al descubrir que mucha gente tiene a menudo dificultades para conciliar el sueño, me dio mucha pena por ellos. Verás, yo también he experimentado noches de insomnio, así que sé muy bien lo terrible que es sufrirlo. Por eso decidí hacer algo para reconfortar a aquellos que no pueden dormir. Ahora mismo estoy trabajando arduamente para la apertura del taller. Eso me tiene tan ocupado que ni siquiera he podido pasar a por una taza de té —reveló Oslo, contándole su historia y todas las preocupaciones que le rondaban por la cabeza.

No solo le resultaba difícil encontrar tiempo libre, sino que también estaba preocupado por cómo gestionar el taller. Deseaba crear un espacio donde sus clientes pudiesen descansar, pero su pasión por sí sola no era suficiente.

—¿Un taller que ayude a las personas a tener un sueño reparador? ¡Qué maravilloso! Soy muy buena decorando y también me interesa la administración de negocios… Si te parece bien, me encantaría ayudar —se ofreció Ian.

—Por muy cansado o estresado que esté, cada vez que vengo a esta cafetería mi mente se siente en paz. Creo que voy a necesitar mucha ayuda. ¿Te viene bien este fin de semana? Podríamos cenar juntos y conversar un poco más —respondió Oslo, armándose de valor.

—Los fines de semana salgo antes, así que me parece bien, hagámoslo —dijo Ian con una sonrisa más radiante de lo habitual, como si percibiese los nervios de Oslo.

Oslo durmió sin interrupciones desde que salió de trabajar el viernes por la tarde hasta la hora de la comida del sábado. Temía sentirse somnoliento durante su tan esperada cita con Ian, así que decidió descansar más de la cuenta y además puso diez alarmas, cada una con un minuto de diferencia. Sin embargo, su ansiedad resultó infundada, pues abrió los ojos de golpe antes de que sonase la primera. Estaba tan emocionado que había renunciado con gusto al sueño.

A la hora de prepararse para salir, Oslo se paró frente a su armario, que ahora estaba repleto de prendas a cuadros. Había comenzado a coleccionarlas después de que Ian elogiara lo bien que le quedaban. Como estaba haciendo un poco de frío, escogió un abrigo grueso de cuadros negros y grises.

—He llegado con algo de retraso, ¿no? Hoy la cafetería ha estado más llena de lo normal, así que he tenido que cerrar un poco más tarde —se excusó Jeong Ian, quien apareció ante Oslo con el pelo ligeramente revuelto, como si hubiera hecho el camino corriendo.

Oslo había llegado una hora antes de lo acordado y se estaba quedando dormido, pero en cuanto la vio sintió una oleada de energía, así que respondió alegremente:

—No hay problema, yo también acabo de entrar.

—Como he llegado tarde, yo invito hoy. Puedes invitarme tú la próxima vez.

Durante la cena, Oslo se enteró de que Ian tenía pensado dejar el pequeño barrio donde vivía y mudarse a una gran ciudad. Allí quería expandir la cafetería. Al verla tan decidida a hacer crecer su negocio, Oslo sintió que se estaba enamorando de ella de nuevo.

—Es increíble. Creo que tengo mucho que aprender de ti.

—Pero el deseo de regalar dulces sueños a la gente es aún más admirable. La verdad es que yo no duermo mucho, y menos aún cuando tengo demasiado trabajo. Jamás se me hubiera ocurrido abrir un negocio así. Por eso me causa mucha curiosidad.

Los dos discutieron largo y tendido sobre cómo enfocar la gestión del taller, desde el diseño y la distribución del espacio hasta el estado mental de quienes padecían insomnio.

Oslo disfrutaba hablando con Ian. Gracias a su naturaleza refrescante y apasionada, sentía como si sus horizontes se estuviesen expandiendo. De igual forma, a Ian le gustaba hablar con Oslo. Su tono tranquilo y juicioso inspiraba confianza, y su carácter meticuloso y calmado era envidiable e intrigante.

Ambos comenzaron a verse con más regularidad. Entre semana solían charlar en la cafetería de Ian, y los fines de semana salían a algún restaurante especial.

—¿Acaso le lanzaste algún hechizo a la taza que me regalaste? Volví a mi casa de la cafetería y tenía pensado trabajar un poco más, pero, después de beber un té en esa taza, me quedé profundamente dormida. ¡Qué extraño!

Por lo general, Oslo les regalaba tazas decoradas con una luna creciente a sus amigos. Quizá fuese porque estaban hechas con el deseo de que durmiesen bien, pero todos le decían que podían conciliar mejor el sueño al beber de ellas. Parecía que aquel deseo había hecho su magia una vez más.

—Últimamente has estado muy ocupada, ¿no? Parece que la cafetería está cada vez más concurrida...

Oslo tenía razón, la cafetería se había vuelto bastante popular. Al inicio solo la visitaba la gente del vecindario, pero pronto ganó la reputación de ser acogedora y servir un café delicioso, por lo que muchas personas comenzaron a acudir desde lejos. El pudin de higos y las magdalenas se agotaban nada más salir del horno. Oslo recordó cómo Ian le había contado, sonrojada de emoción, que deseaba mudarse a una gran ciudad y ampliar un poco el negocio.

—Así es, hemos tenido muchos más clientes. Incluso contraté a dos empleados más. Es agotador, pero también gratificante —respondió Ian alegremente, a pesar del cansancio que se dibujaba en su rostro.

Oslo estaba feliz y quería que ella cumpliese su sueño, pero sintió una punzada de dolor al pensar que se marcharía. Le preocupaba no poder verla tan a menudo como lo hacía ahora si se iba a la gran ciudad.

Oslo continuaba preparando la apertura del taller de los dulces sueños e Ian estaba ocupada con la cafetería, pero aun así sacaban tiempo para verse. De hecho, Oslo la visitaba tanto que los trabajadores de la cafetería ya lo reconocían y lo saludaban. De vez en cuando, Ian también le daba consejos acerca de cómo llevar un negocio.

Finalmente llegó la hora de abrir las puertas del taller. Oslo deseaba permanecer junto a Ian para siempre, y sabía que debía confesarle sus sentimientos antes de que fuese demasiado tarde. Justo entonces, ella lo llamó.

—¿Qué tal si vamos a un buen restaurante este fin de semana? Hay algo que me gustaría decirte.

—Suena maravilloso. Me has ayudado mucho con los preparativos, así que esta vez invito yo.

«¿Tanto me gusta la ropa a cuadros?», se preguntó Oslo sonriendo ligeramente al abrir su armario, que ahora estaba repleto de prendas con ese diseño. Entonces se dio cuenta de lo mucho que una sola palabra de alguien que te gusta puede cambiar las cosas. Escogió un cárdigan a cuadros marrón y beis, y unos pantalones azules, y se dispuso a salir a su cita con Ian.

—Tengo algo que decirte —anunció ella, después de que hubiesen acabado sus platos uno por uno y hablado de otras cosas. Bebió un sorbo de agua con expresión tensa y sonrió antes de continuar lentamente, como si eligiese con cuidado sus palabras—. Voy a cerrar la cafetería y a mudarme muy pronto. Ya te lo había comentado, pero es mi sueño abrir un local en la ciudad. Cuando te conté mis planes, pensé que tardaría mucho tiempo en hacerlos realidad, pero, gracias al repentino aumento de clientes, he conseguido tenerlo todo listo antes de lo esperado. Recibí una propuesta para comercializar los púdines de higo que preparo. Era bastante buena, así que la consideré durante un tiempo, pero, como son los productos estrella de nuestra cafetería, decidí desarrollarlos yo misma. Estoy segura de que tienen suficiente potencial para que una gran empresa nos haga una oferta mejor. Así que estoy lista para afrontar este nuevo reto en una ciudad más grande.

Una luz parecía envolver a Ian. El tipo de luz que solo irradia alguien consciente de su propia fuerza.

—Siempre me sorprendió mucho tu cafetería. Está en un barrio pequeño y poco especial, pero muchas personas van hasta allí solo para probar los postres que preparas. Eso solo demuestra lo hábil que eres. Sin duda te irá muy bien en la ciudad. Te seguiré apoyando desde aquí —dijo Oslo, genuinamente feliz por ella.

Quería animarla para que cumpliese su sueño. Sin embargo, comenzó a surgir en él una añoranza que nunca antes había experimentado. Sin duda Ian iba a estar muy ocupada y, al encontrarse tan lejos, sería muy difícil verse tan a menudo como lo hacían ahora.

—Has sido una gran fuente de fortaleza para mí, Oslo. Hoy, cuando cerraba la cafetería, eché un vistazo hacia atrás y mi mirada se dirigió al lugar donde siempre te sientas. Entonces recordé todas nuestras conversaciones y los momentos que hemos compartido juntos y me sentí en paz. Tiendo a cargar con muchas preocupaciones y ansiedad, pero cuando hablo contigo mi mente se calma. Me gustaría seguir viéndote, pero creo que será difícil una vez que abra el nuevo local…, así que he pensado que tal vez querrías venir conmigo. Quiero que vayamos juntos a la ciudad.

—Me gustas mucho, Ian. Hace tiempo que deseo que estemos juntos. Sé que es mucho pedir, pero quisiera que formaras parte de mi futuro. Sin embargo… —confesó Oslo, cuyos sentimientos por Ian habían ido creciendo desde el momento en que la conoció. Ciertamente quería seguir siendo su fuente de fortaleza, pero no podía renunciar al taller de los dulces sueños ni tenía el valor de dejar el lugar donde había vivido toda su vida.

—Con saber lo que sientes es suficiente —respondió ella con una sonrisa. Se esforzaba por mantener una mirada serena, pero flaqueó ligeramente.

—Mi sueño es abrir el taller, conocer a los vecinos del lugar donde he vivido toda mi vida, escuchar sus historias y ayudarles a aliviar sus preocupaciones —continuó diciendo Oslo—. Tú eres tan importante para mí como ese sueño, por eso se me parte el corazón. Seguramente no vamos a poder vernos tan a menudo, pero, por favor, ven a visitar mi taller algún día. Te prometo que tendré el regalo perfecto para ti.

Los ojos de Oslo se llenaron de lágrimas. Tristemente, el día en que se habían confesado sus sentimientos fue también el día en que intuyeron que pronto tendrían que separarse. Y aquella fue su última comida juntos. Poco después, Ian cerró la cafetería. Oslo visitó el local vacío y recordó cada detalle: la posición de las macetas, el lugar donde se sentaba e incluso el estante donde Ian guardaba la mermelada de yuzu. Al regresar a su casa, fue incapaz de dormir por culpa de aquellos recuerdos. Yaya, que en ese momento era todavía un polluelo, chasqueó el pico, pues le dolía ver que, cada día que pasaba, su compañero humano parecía más deprimido y perdía más peso.

Para animar a Oslo, Yaya lo molestaba y le hablaba con voz tierna. Y todas las noches permanecía a su lado. Oslo pasaba las noches en vela, así que el búho le pedía que le contase historias o presumía ante él de lo rápido que podía volar. Gracias a Yaya, Oslo recuperó poco a poco su energía.

Después de que Ian se mudara, Oslo se esforzó por mantenerse en contacto. Sin embargo, recibía respuestas cortas y esporádicas. Al poco tiempo, abrió las puertas del taller de los dulces sueños. Pasaba los días fabricando objetos y recibiendo a nuevos clientes y, sin darse cuenta, transcurrieron varios meses.

Así, dejaron de hablar. Oslo intentó consolarse diciéndose a sí mismo que era algo inevitable en la vida. Aun así, su armario continuaba lleno de prendas a cuadros. No era que siguiese aferrándose a Ian, simplemente sus recuerdos se colaban sigilosamente en su día a día.

Pasaron los años y Oslo tuvo noticias de ella. Una tarde, mientras daba un paseo después del trabajo, oyó por casualidad una conversación.

—¿Te acuerdas de aquella cafetería que era famosa por su pudin de higos?

—¡Claro! Les fue tan bien que se mudaron a la ciudad.

—Parece que allí también les ha ido increíblemente bien. Sus postres se hicieron aún más populares y ahora es una cafetería enorme.

Oslo escuchó en silencio la charla de los vecinos y soltó un suspiro. Temía que fuesen malas noticias, así que sintió un gran alivio.

«Es una mujer estupenda, sabía que le iría bien», se dijo. Había estado muy preocupado por ella y la echaba de menos en igual medida, pero, después de oír a los vecinos, su corazón se sintió mucho más ligero.

Desde que se enteró de que a Ian le estaba yendo bien en la ciudad, Oslo se esforzó aún más en hacer funcionar bien el taller de los dulces sueños. No estaba seguro de si volverían a encontrarse, pero quería convertirse en una persona tan maravillosa como ella. Tanto si estaban destinados a volver a verse como si no, quería demostrarle lo mucho que había madurado.

○ ○ ○

Tras terminar su larga, larga historia, Oslo miró a Yaya, y el búho apoyó su cabeza contra la de Oslo. Era la única forma que tenía de ofrecerle consuelo y demostrarle su afecto.

—Gracias por contármelo —dijo Yaya.

Oslo le dio un golpecito juguetón en el pico. Aunque ese día no habían podido ir al mercado lunar, Yaya estaba feliz de haber podido escuchar aquella valiosa historia.

Tapones para percibir susurros

Séptimo cliente

—Aún estoy pensando en el bagel de luz de luna que comimos ayer. El queso crema estaba delicioso.

—La leche también sabía más dulce. ¡A partir de ahora compraré todas las botellas que tengan en el mercado lunar! El único problema es que se agotan demasiado rápido.

El día anterior habían pasado bastante tiempo en el mercado, pues, gracias a la superluna, fue inusualmente grande y daba la impresión de ser aún más extraordinario. Los conejos lunares habían preparado platos especiales. Emocionados, Oslo y Yaya disfrutaron de la comida a sus anchas y compraron varios materiales. A medida que el taller se llenaba con ellos, se iluminaba aún más con el brillo de la luz de luna.

—¿Tu cuello está mejor? —preguntó Oslo, preocupado.

La noche anterior había caído una enorme lluvia de estrellas fugaces. La luz había sido tan intensa que el portal de la aurora apenas se veía. Mientras Yaya volaba en círculos buscándolo, una estrella fugaz pasó por su lado. Yaya la esquivó apresuradamente, pero se lesionó el cuello. Estando en el mercado no se había dado cuenta del malestar, pero una vez regresó a la tierra y recuperó su tamaño normal, comenzó a dolerle bastante.

—Está un poco mejor que ayer —respondió Yaya con un suspiro. Pero su orgullo estaba herido.

«Incluso los profesionales cometen errores, pero ¿por qué tenía que hacerme daño justo en una noche de superluna?», pensaba.

—No te esfuerces demasiado hoy. ¡Yo me encargaré de todos los clientes de por la mañana!

—No tengo problemas para trabajar. Al fin y al cabo, no hay manera de tratar a fondo el insomnio de los clientes sin entrar en sus sueños, ¿no? —respondió Yaya con frialdad, mirando de reojo a Oslo para ver si se había ofendido.

Oslo no se sintió afectado en absoluto. Solo quería que Yaya descansara un poco. Últimamente tenían muchos clientes y el búho había estado yendo y viniendo entre el mundo de los sueños y la realidad sin parar. Entre cliente y cliente, Oslo se recostaba en el sofá y dormía un poco, pero Yaya nunca descansaba durante el horario laboral. Los búhos son animales nocturnos, por lo que duermen de día y cazan por la noche, pero Yaya se había convertido en un búho activo durante el día. Esto se debía a su sentido de la responsabilidad, que le impedía dormir mientras estaba trabajando. Oslo lo admiraba y le estaba profundamente agradecido.

—No te preocupes. Además, tu pico y tus plumas parecen algo desgastados después del viaje al mercado lunar. Será mejor que te pongas loción y descanses un poco.

—Si insistes. Pero solo durante la mañana, ¡volveré a trabajar esta tarde!

Después de observar a Yaya entrar en la habitación, Oslo salió del taller y escribió lo siguiente en el cartel de la entrada:

MAÑANA: SOLO CONSULTAS

TARDE: SERVICIO COMPLETO

BEBIDA DE BIENVENIDA:
TÉ DE YUZU

Justo cuando pensaba que la mañana iba a ser tranquila, sonó la campanilla de la entrada.

—Bienvenido al taller de los dulces sueños —saludó Oslo con energía.

El cliente era un hombre de unos treinta años, alto y bien peinado, que vestía un jersey de punto de color marrón y aspecto suave, y un elegante abrigo negro. El hombre respondió al saludo de Oslo con un ligero movimiento de cabeza.

—Buenos días. Yaya, el búho asistente, está tomándose un descanso esta mañana, así que lo único que puedo ofrecerle es un té de yuzu y una consulta. Le pido disculpas por las molestias.

—Si su asistente está enfermo, ¿no debería tomarse unos días libres? Pero, por otra parte, ¿puede trabajar con normalidad sin el búho? —comentó el cliente. Al parecer, conocía de antemano cómo funcionaba el taller.

Oslo se quedó un poco desconcertado por el tono del cliente, pero respondió con amabilidad mientras preparaba la bebida de bienvenida.

—Simplemente surgió algo urgente. Me esforzaré en escoger un buen objeto para usted. Pero si se siente incómodo...

—No pasa nada. De todas formas debo regresar pronto a la clínica. Tomaré la infusión. ¿Dónde me siento? —preguntó el hombre abiertamente, con la seguridad de alguien que dice todo lo que piensa.

Oslo señaló el asiento para los clientes sin perder la sonrisa y luego añadió:

—Gracias por su comprensión. Es una bebida especial, caliente y deliciosa. ¿Va a la clínica por trabajo?

El hombre, que hasta entonces había parecido tenso, dio un sorbo a la bebida de yuzu, atraído por su aroma, y afirmó:

—Soy médico. Pasaba por aquí y el taller me llamó la atención, así que decidí entrar.

—¿Está experimentando alguna preocupación que le impida dormir? —preguntó Oslo. La cálida luz que entraba por la ventana comenzó a adormecerlo, incluso estando con un cliente. Sin que el hombre se diera cuenta, Oslo comenzó a dar golpecitos con los dedos índice y pulgar para mantenerse despierto, pero no sirvió de nada.

—Últimamente… —comenzó el hombre, pero se detuvo, sorprendido, al darse cuenta de que Oslo se había quedado dormido.

«Cómo es posible que logre conciliar el sueño con un cliente delante… ¿Es aceptable llevar un negocio así y hacer esperar a una persona ocupada?».

El hombre estaba furioso, pero el té era tan dulce que decidió terminarlo antes de marcharse. Mientras bebía observó a Oslo, que no daba señales de despertarse. A medida que su cuerpo se calentaba, el cliente también comenzó a adormilarse hasta que, por fin, cayó en un sueño tranquilo.

«¿Pero qué es esto?», se escandalizó Yaya, quien, incómodo por tomarse un descanso durante el horario de trabajo, había regresado al taller para comprobar si Oslo estaba bien y se encontró tanto al cliente como al propietario del establecimiento descansando plácidamente.

—¡Ay, Dios mío! ¡Esto es demasiado!

Yaya estaba fuera de sí por la frustración que le causaba Oslo, quien actuaba cada vez más despreocupado y somnoliento frente a los clientes. Se acercó sigilosamente hacia su amigo y le dio unos picotazos para despertarlo.

—¡Auch! ¿Me he quedado dormido? —dijo Oslo, sonriendo tímidamente.

—Aprovecharé para entrar en los sueños del cliente —se resignó Yaya, acercándose al hombre, que daba fuertes ronquidos, y apoyando su cabeza contra la de él.

Sus sueños estaban teñidos de gris. La mayoría de los clientes tenían sueños de colores apagados y aquel hombre no era una excepción.

«Vamos a ver qué está pasando...».

Yaya, envuelto en su capa, se escondió en una esquina y observó a su alrededor en silencio.

El hombre era dentista y había trabajado en una gran clínica dental durante bastante tiempo. El sueldo no estaba mal, pero no quería que ese fuese su único incentivo para continuar allí. Su sueño era abrir una clínica privada a su nombre y presumir de ella ante todos. Parecía valorar mucho la imagen que proyectaba ante los demás. Algunos de sus compañeros de la facultad de odontología ya habían abierto sus propias clínicas y otros trabajaban en prestigiosos hospitales y recibían salarios altísimos, así que su orgullo estaba herido. «¿Acaso he fallado en algo? Si incluso me saqué el título antes que ellos», se lamentaba.

Compararse todo el rato con los demás le carcomía el corazón. Deseaba presumir frente a sus amigos, que alardeaban de sus consultas privadas o usaban cualquier excusa para mencionar lo que ganaban. Un recuerdo se presentó frente a los ojos de Yaya.

—Estoy pensando en montar una clínica dental, ¡y quiero que sea grande! —le dijo el hombre a un agente inmobiliario en la ciudad.

Sin embargo, el agente negó con la cabeza, explicándole que no era posible montar una clínica con el dinero que tenía. Le sugirió que buscase en otro sitio y le recomendó un barrio a las afueras de la ciudad. Sin dudarlo un instante, el hombre se dirigió a una inmobiliaria en ese lugar. En realidad no conocía la zona y tampoco sabía cómo llevar una clínica dental, pero el local era bueno, sobre todo considerando sus fondos, así que firmó el contrato de manera impulsiva. Así nació su propio consultorio, al cual llamó clínica dental Park.

«¡Madre mía! Pagó una suma tan grande sin investigar nada», pensó Yaya. Aun sabiendo que aquello era solo un sueño, tuvo que taparse la boca para reprimir los reproches que amenazaban con salir. A fin de cuentas, no debía influir en el mundo onírico del cliente.

Cuando se hubo tranquilizado, Yaya se ajustó bien la capa y se enfocó en una nueva escena. Después de la apertura de la clínica dental, los amigos y colegas del hombre le habían enviado hermosos ramos de flores para felicitarlo, y su familia lo celebró junto a él. La ilusión que inundaba su corazón era palpable, y Yaya se emocionó también. Sin embargo, la escena pronto se volvió oscura y sombría. Frente a sus ojos apareció la imagen de la clínica, pero esta estaba completamente vacía y silenciosa. No se escuchaba el ruido de pacientes entrando y saliendo ni el zumbido de los instrumentos.

El hombre se quedaba en su despacho el día entero, mirando fijamente su teléfono móvil. Era común que le dijera a los empleados que se fuesen temprano a casa. Aquello le dejaba un sabor amargo, pero no podía mantenerlos en la clínica cuando no había pacientes. A partir de un punto, no tuvo más remedio que despedir a algunos. Todo esto transcurrió en unos pocos meses y cada día su rostro estaba más demacrado. Además, sobre él se cernían el alquiler mensual, los gastos de mantenimiento, los sueldos del personal, los costes de los materiales y el equipo y el préstamo que había pedido para abrir la clínica.

Yaya observó los alrededores de la clínica y llegó a la conclusión de que había razones válidas para que estuviese tan vacía: su ubicación era muy poco práctica, pues era difícil llegar en transporte público y estaba alejada de la estación.

Tras varios meses sin recibir ningún cliente, el hombre se puso nervioso y al fin se decidió a inspeccionar el barrio. Primero comprobó si había más clínicas similares, pero no encontró muchas. De repente, le vino a la mente el recuerdo de una llamada que había oído hacer a uno de sus clientes hacía un tiempo después de una limpieza dental:

—Agh, ¿por qué hoy no habrá abierto la clínica Serena? Como andaba con prisas, terminé viniendo a una nueva clínica llamada Park, pero no me ha gustado. La próxima vez volveré a mi dentista de confianza.

Al recordar esto, el hombre decidió hacerse pasar por un paciente y visitar el sitio que había mencionado aquel cliente. La clínica Serena era una consulta de barrio pequeña y desorganizada, por lo que no pudo evitar quedarse boquiabierto al ver la enorme fila de pacientes que esperaban su turno. «Pero si la mía está más limpia y es más bonita...», pensó mientras se sentaba en la sala de espera, poniendo atención a las conversaciones entre el personal y los pacientes.

—Abuela, la vez pasada le dolía un diente en el lado derecho de la boca, ¿ya se siente mejor?

—Ay, ni me lo recuerdes. Ahora me duele en el lado izquierdo, pero no tanto como la última vez.

El hombre se sintió extrañado ante la amabilidad del personal. Cuando fue guiado hacia la consulta, el dentista también lo recibió con una sonrisa.

—Buenos días. Tengo entendido que viene para una limpieza dental. Pero me parece que ya cuida muy bien sus dientes, están sanos y limpios.

El hombre se sintió incómodo ante la familiaridad con la que el dentista se dirigía a sus pacientes. No quería aprender de él para mejorar, simplemente estaba lleno de celos.

«Si todos estos pacientes viniesen a mi clínica, se convertirían en clientes fieles de inmediato. Nuestro equipo y nuestras instalaciones son muchísimo mejores, ¡además somos mucho más profesionales!», se dijo a sí mismo, y salió de aquella pequeña clínica con una envidia que rayaba en la ira.

Yaya sospechaba que el problema no estaba en el equipo ni en las instalaciones, así que continuó observando la situación en silencio.

El hombre no era de los que hablaban con amabilidad a sus pacientes. Al contrario, siempre se daba aires de grandeza frente a los pocos que llegaban a su negocio, alardeando de lo excelente que era su equipo y menospreciando sutilmente el barrio. También en su anterior trabajo había actuado con la convicción de que no formaba parte de sus funciones ser amable y, al parecer, esa actitud se había vuelto costumbre. A Yaya le parecía lamentable que, a pesar de que reconocía las fortalezas de sus competidores, no le interesase aprender de ellos y siguiese siendo igual de arrogante.

Una nueva escena apareció frente a sus ojos. Esta vez el hombre estaba en su casa, escribiendo en el foro online del barrio:

> Vecinos, he ido a la clínica dental Serena, y me ha parecido que era pequeña y estaba en muy mal estado. No es para nada buena. La clínica Park está mucho más limpia y el trato es muy profesional. Os recomiendo que mejor vayáis allí.

Al ver lo que había escrito, Yaya chasqueó la lengua. El hombre dudó un poco antes de subir la publicación, pero luego se mostró encantado. En cuestión de horas, varias personas habían dejado comentarios y él pinchó en ellos rápidamente, ilusionado por leer las respuestas.

> ∟ El director de la clínica Park es bastante antipático. No volveré.
>> ∟ Es cierto, a mí también me pareció muy frío.
> ∟ La clínica Park está muy mal ubicada, es difícil de encontrar.
> ∟ Yo suelo ir a la clínica Serena, el personal es superamable.
> ∟ ¿No será que esta publicación la hizo alguien de la clínica Park? Suena sospechosa, jaja.
>> ∟ Si es así, jamás voy a poner un pie en ese lugar.
>>> ∟ Yo creo que la publicaron ellos…
>>>> ∟ Vaya, no tienen vergüenza. En tiempos difíciles como estos, deberían pensar en tener una buena relación con sus compañeros de profesión. Qué decepción, jamás visitaré esa clínica.

La reacción fue totalmente diferente a la que él había previsto. Quizá porque la clínica Serena era un establecimiento querido en la zona desde hacía tiempo, la opinión de la gente sobre su clínica empeoró. Preocupado por la posibilidad de perder aún más clientes, el hombre respondió rápidamente:

> ¿Cómo se os ocurre? No trabajo en la clínica Park, no difundáis información falsa. Simplemente soy un paciente y me pareció tan extraordinaria que decidí recomendarla.

└ Admítelo ya.

└ Seguro que pronto lo borra porque es el director de la clínica.

└ Sería muy gracioso si averiguamos quién está subiendo estos comentarios y resulta ser el dueño.

└ Y, aunque no lo fuera, ¿no os parece demasiado? La clínica Serena tiene fama de ofrecer un tratamiento y un trato excelentes. También tengo entendido que hacen voluntariado con frecuencia y que cuidan muy bien a sus pacientes mayores. ¿Qué pasa si esto perjudica su negocio?

El hombre comenzó a sudar frío al ver cómo los comentarios se alejaban cada vez más de su intención original. No podía hacer nada, pues temía que, si lo borraba, los vecinos lo tomasen como una confesión de que sí era el dueño de la clínica rival. Aquella publicación, que había escrito en un arrebato de celos y envidia, se convirtió rápidamente en el hazmerreír de toda la comunidad. Continuaban molestándolo con comentarios como: «Mirad la promoción que se hizo a sí mismo el director de la clínica dental Park». Ahora sí temía perder por completo a su clientela.

Yaya chasqueó el pico aún más fuerte; creía que él mismo se había metido en aquel embrollo y estaba recibiendo una dosis de su propia medicina. Si tan solo se esforzase por reconocer sus errores y mejorar…, pero lo único que hacía era sentir envidia y menospreciar a los demás, lo cual le parecía una gran equivocación.

Al final, el hombre decidió borrar la publicación y la comunidad pronto se calmó. Afortunadamente, los comentarios y burlas hacia él no continuaron extendiéndose, pero el número de clientes tampoco aumentó, lo cual le preocupaba. Tras observar aquella escena con atención, Yaya se llevó un ala a la cabeza y salió del mundo de los sueños. Oslo ya se había quitado el antifaz de búho y se encontraba de pie frente a la vitrina, suavemente iluminada por la luz de la luna.

—Creo que necesitaremos ser muy cuidadosos al escoger un objeto para este cliente. Tiene que ser algo que lo ayude a replantearse sus acciones —manifestó, y Yaya voló hasta su lado para ayudarlo a pensar.

Oslo entró en el almacén junto a la vitrina con cara decidida y salió con algo en las manos. Poco después, el hombre se despertó y exclamó:

—Estaba a punto de irme, pero parece que me he quedado dormido.

—Yo me dormí primero, lo siento mucho. La luz del sol era tan cálida que simplemente… Sea como sea, me alegro de que haya dormido bien. Mientras descansaba, mi asistente visitó su subconsciente. Debí haberle informado de esto de antemano, le pido disculpas —dijo Oslo de buen humor.

Aquello pareció desconcertar al cliente, pues respondió con cierta vergüenza:

—A cualquiera puede pasarle. Pero ¿sabía usted que beber un té de yuzu o cualquier bebida azucarada antes de ir a la cama no es bueno para los dientes? Es mejor acostumbrarse a hacer gárgaras o cepillarse después. Creo que debería advertir a sus clientes al respecto.

—Antes mencionó que debía volver a la clínica. ¿No es un poco tarde ya?

—No pasa nada. De todos modos, casi no tengo pacientes.

—Entonces le recomendaré algo que le ayude a atraer dulces sueños. Acérquese, por favor.

Al llegar junto a Oslo, el hombre se maravilló al ver la vitrina bañada por la luz de la luna. Oslo le entregó unos tapones para los oídos. Parecían comunes y corrientes, pero eran negros como el cielo nocturno y de vez en cuando se veía un destello brillante, como si los atravesara una estrella fugaz.

—Estos son unos tapones para oír susurros. Úselos antes de dormir y así podrá visitar un mundo tranquilo y hermoso en donde encontrará descanso. Al despertar, podrá oír con claridad incluso las voces más débiles. Puede que eso reavive su angustia pero, si guarda en su corazón el arrepentimiento por los errores del pasado, estoy seguro de que le serán de ayuda —explicó Oslo.

—Dice que usarlos me ayudará a descansar y tranquilizarme, pero francamente me cuesta creerlo. ¿Qué es exactamente lo que oiré? ¿Y acaso eso me ayudará? Creo que ya me esfuerzo demasiado en poner atención en lo que dicen los demás —comentó el hombre tras una pausa, visiblemente insatisfecho con la sugerencia de Oslo.

—Ahora mismo puede que no crea que le sirvan para tranquilizarse, o para oír las voces de los demás. Pero si los usa aunque sea una vez, verá que lo que le digo es verdad. Si todavía no me cree, puede llevárselos sin ningún compromiso y, después de probarlos y ver que funcionan, puede regresar a pagarlos —dijo Oslo con su característica sonrisa, aunque sus palabras tenían bastante peso. Realmente creía en la eficacia de los objetos que vendía en el taller.

—¿Dice que se esfuerza en poner atención en los demás? ¡Ay, qué descaro! Espero que esto realmente funcione con él —susurró Yaya en el oído de Oslo, reprimiendo el impulso de ser grosero con el cliente. Oslo cerró los ojos y asintió con la cabeza.

—Sinceramente, me parece que este producto es un poco caro para comprarlo ahora mismo. Si no le molesta, me lo llevaré a casa y lo probaré primero, tal como sugiere —respondió el hombre y salió del taller con la expresión de insatisfacción aún grabada en su rostro.

Unos días después, Oslo estaba fabricando nuevos objetos para el taller cuando oyó la campanilla de la entrada.

—¡Bienvenido al taller de los dulces sueños! —dijo, levantándose de un salto.

La persona que había entrado no era ni más ni menos que el dentista, quien parecía más delgado que la primera vez que los visitó.

—Estuve aquí hace poco. ¿Me recuerda?

—Por supuesto. ¿Acaba de salir del trabajo?

Yaya, que había estado descansando, voló hasta el hombro de Oslo y le susurró:

—Por favor, dile que le prepararé una bebida caliente de pomelo especial. ¡Tenemos una mermelada de pomelo que nos regalaron de la cafetería de al lado!

Oslo acarició las plumas del búho y asintió. Yaya fue hasta la cocina y entonces Oslo aprovechó para examinar el aspecto del cliente. Su rostro parecía más delgado, pero su mirada era más brillante y decidida.

—¿Ya ha probado los tapones para los oídos?

—De hecho quería hablarle de eso —respondió el hombre, sacando su billetera—. Vengo a pagarlos. Muchas gracias por fabricar un producto tan bueno.

○ ○ ○

La misma noche que recibió los tapones se los puso para dormir, con una mezcla de escepticismo y esperanza. Últimamente era incapaz de pegar ojo hasta que rompía el alba, pero aquella noche su mente se calmó y no tardó en amodorrarse.

Tal como había dicho Oslo, sus sueños se llenaron de una paz absoluta. Se despertó renovado, como si la gran luna llena que le gustaba ver cuando era pequeño lo hubiese iluminado toda la noche. Recordó aquello de que podría oír con claridad lo que otros decían, pero no le dio mucha importancia y se fue a trabajar.

—¿Por qué es tan antipático el dentista?

—Te dije que no viniésemos aquí. Con razón todos prefieren la otra clínica...

Algo extraño estaba sucediendo: ahora podía oír hasta los más bajos susurros. Miró frenéticamente a su alrededor e incluso salió de la consulta, pero en el pasillo solo estaban los empleados y un cliente. Siguió hasta la sala de espera, y allí encontró al paciente que acababa de ser atendido hablando en voz baja con su acompañante, aunque los escuchaba tan claramente como si estuviesen dirigiéndose a él. Entonces se acordó de lo que Oslo le había dicho cuando le dio los tapones para los oídos: «Al despertar, podrá oír con claridad incluso las voces más débiles».

Para comprobarlo, decidió continuar escuchando lo que decían el paciente y su acompañante mientras salían de la clínica.

—Las instalaciones son nuevas y todo está muy limpio, pero casi no tienen clientes. Además, el director es demasiado seco.

—La gente no habla muy bien de este lugar. La próxima vez vamos mejor a la clínica Serena. Puede que tengamos que esperar un poco, pero por algo todos prefieren ir allí.

—Pues sí. La madre de mi amiga mencionó que está pensando en ponerse ortodoncia. Le diré que no venga aquí.

El hombre estaba impactado. Decían cosas parecidas a los comentarios de su publicación, pero oírlo directamente le dolió aún más. Aquellas palabras le escocían, pero no podía seguir ignorándolas.

Llegó la hora de cerrar, por lo que dio la orden al personal de que se fuesen a casa, y pudo oír lo que decían mientras bajaban en el ascensor.

—Hay tan pocos pacientes que creo que no tardaremos en echar el cierre. Será mejor que vayamos buscando un nuevo trabajo. Yo ya he empezado.

—La verdad es que yo también he pensado en renunciar. El sueldo tampoco es muy bueno y la ubicación ni te cuento. Es imposible llegar hasta aquí sin coche.

—Además, el director es demasiado estricto, ¿no te parece? Quizá sea porque no tenemos clientes, pero últimamente está más irascible.

El hombre se sorprendió una vez más por la conversación de sus empleados. Imaginar el qué dirán era muy diferente a escucharlo directamente. Después de todo, los tapones para oír susurros funcionaban tal y como le habían descrito.

Aquella noche dio vueltas en la cama, incapaz de dormir. Miles de pensamientos rondaban su cabeza: «Pero si yo soy genial. ¿Qué tiene de especial ser amable? Lo importante es ser capaz. Bah, ¿qué importa? Simplemente cerraré la clínica, me mudaré a otro lugar y empezaré desde cero. Pediré un préstamo más grande y abriré un pequeño consultorio en la ciudad. Esta gente no tiene ni idea. Aunque, a decir verdad, cuando visité la clínica Serena, todos fueron muy amables. En comparación, mi clínica es bastante seria… y los empleados también deben de sentirse incómodos. Como dijeron, seguro que tendremos que cerrar pronto. Es cierto que no soy atento ni amable, y que tengo muchos defectos. Tampoco debí haber subido esa publicación hablando mal de gente que trabaja tan duro. Me pasé de la raya».

Estuvo la noche entera reflexionando. Gracias a los tapones para los oídos, había sido capaz de saber lo que opinaban los demás y ahora podía verse a sí mismo de manera más objetiva. Después del shock del primer día, se acostumbró rápidamente a dormir con los tapones puestos y a oír cada vez más conversaciones.

Conocer las quejas de los clientes le permitió ver con claridad aquello que necesitaba mejorar. Aunque le resultaba desconocido y algo incómodo, se esforzó por corregir su actitud desagradable y por ser más atento durante las consultas. Después de una semana, regresó al taller de los dulces sueños.

—Soy una persona con muchas cosas que mejorar. Incluso el día que vine aquí por primera vez, no creo que lo hiciera porque quisiese cambiar. Solo deseaba poder dormir bien, ya que me atormentaba que alguien pudiese descubrir que fui yo quien subió esas publicaciones sobre la clínica Serena y terminase perdiendo más clientes. Me avergonzaba la idea de ver fracasar mi negocio después de haber presumido tanto ante todos. No sabía que tenía que empezar por cambiar yo para que mi situación también lo hiciera. Estos tapones para los oídos me han ayudado muchísimo. Debo admitir que me entristeció bastante e hirió mi orgullo el escuchar tantas quejas, pero, por otro lado, pude ver en qué me había equivocado. Me di cuenta de lo increíblemente inflexible y arrogante que había sido hasta entonces. Muchas gracias por recomendármelos. La próxima vez que visite mi clínica, le haré una revisión gratuita.

Oslo y Yaya, que habían estado escuchando atentamente las palabras del cliente, esbozaron una amplia sonrisa.

—Soy yo quien debería darle las gracias. Si alguna vez necesito ir al dentista, iré a su clínica —exclamó Oslo.

El hombre se terminó su bebida y se sacudió el abrigo al levantarse. Luego dijo:

—No puedo quedarme mucho tiempo. Debo volver a casa y preparar material promocional para la clínica. Gracias a los tapones para los oídos, ayer me enteré de que muchas personas no saben dónde queda.

Mientras salía apresuradamente por la puerta, el brillo del atardecer, tan hermoso y amarillo como un pomelo, se reflejó en sus hombros. Entonces Yaya extendió sus alas para despedirse del dentista. Al cerrarse la puerta, el tintineo de la campanilla resonó alegre y nítido.

La manta con estampado de escoba

Octava clienta

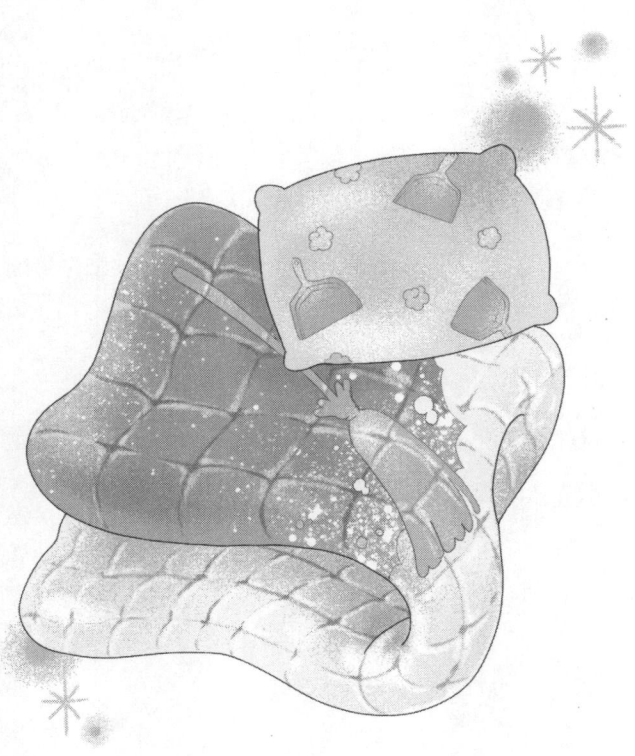

Habían terminado la jornada y Oslo se sentó en el sofá con los ojos casi cerrados por el cansancio. Aunque se había echado una cabezadita aquí y allá, todavía se sentía somnoliento. Era una tarde tranquila y apacible, bañada por la cálida luz del atardecer y en la que soplaba una suave brisa. Pero aún tenían cosas que hacer: Yaya anotaba en el registro del taller lo que había visto al entrar en los sueños de los clientes y qué objeto les habían recomendado, mientras que Oslo contaba las ganancias del día.

—Hoy hemos vendido bastante. Qué bien que pronto abrirá el mercado lunar, tengo que comprar más materiales —dijo Oslo, mientras contemplaba la vitrina bañada por la luz de luna.

Al terminar de escribir, Yaya comenzó a acicalarse: se lavó las plumas a fondo, se secó y se aplicó loción hidratante. A veces tardaba más de una hora en arreglarse meticulosamente cada parte de su cuerpo; iba desde las garras hasta su pico y sus cejas abultadas. Oslo a veces lo apremiaba con impaciencia para que se fuera a dormir, pues no entendía por qué tenía que pasar tanto tiempo aseándose. «Caray, no sabía que los búhos se preocuparan así por su aspecto», pensaba.

Últimamente, con tantos clientes acudiendo al taller de los dulces sueños, a Yaya le resultaba cada vez más difícil sacar tiempo para sí mismo. Le deprimía no poder cuidar su apariencia, sobre todo porque quería lucirse ante los clientes. «¡Necesito unas vacaciones y regresaré hecho un búho espléndido!», se decía.

Poco a poco fue oscureciendo hasta que el sol se ocultó por completo. Cenaron algo sencillo y después, cuando la brisa se volvió más fría y el aroma de la noche comenzó a llenar el aire, salieron a dar un paseo.

—Yaya, ¿sabías que el sol que sale y se pone cada día es en realidad diferente? Por eso los colores del atardecer nunca son los mismos —dijo Oslo mientras caminaban lentamente.

—Eh, ¿seguro que no? —respondió Yaya, perplejo.

—Algunos días el sol poniente cambia de color porque queda oculto por densas nubes y, en los días en los que llueve por la tarde, el aire cargado de humedad se tiñe de rojo, haciendo que el cielo refleje un tono carmesí —explicó

Oslo—. Las personas son similares al clima. Incluso aquellos que parecen no haber cambiado con respecto al día anterior, en verdad albergan sentimientos y preocupaciones diferentes cada día. Por eso, los clientes que nos visitan son tan diversos. Y es posible que, una vez que nuestros objetos los ayuden a dormir mejor, sus colores cambien. Espero poder continuar ayudando a más personas a tener dulces sueños y que así sus colores se reflejen aún más brillantes.

Yaya dio una vuelta rápida por el barrio y regresó a donde estaba Oslo, posándose en su hombro. Al acercarse al taller, vieron a alguien frente a la entrada que daba golpecitos impacientes en el suelo con el pie.

—Creo que hay alguien esperándonos —exclamó Yaya.

—Eso parece. ¿Quién podrá ser?... ¡Hola! —saludó Oslo alegremente.

—Hola. Vine hace unos días y compré una manta con el dibujo de una escoba. Usted me dijo que me ayudaría a borrar los recuerdos de mis errores. Y estaba funcionando, pero...

La clienta no terminó la frase, pero Oslo recordó sus preocupaciones y lo enredados que eran sus sueños.

Era una mujer con profundas ojeras, bien vestida y con pulcros zapatos. Se esforzaba por sonreír, pero su mirada la delataba. Las comisuras de sus labios ligeramente levantadas y sus ojos llenos de inquietud producían una impresión peculiar. «Parece que fuera a echarse a llorar», fue lo único que pudo pensar Oslo.

El día que los visitó por primera vez estaba dormido, como siempre, y solo despertó cuando Yaya comenzó a aletear frenéticamente. Por fortuna, pronto recuperó la compostura y saludó a la mujer, avergonzado.

—Bienvenida. Perdone, es que ayer me fui tarde a la cama… Pero siéntese, por favor.

«¿Pero qué dice? Si ayer cayó rendido apenas terminó de trabajar… ¡Parece un oso hibernando!», pensó Yaya para sus adentros, incapaz de regañar abiertamente a su jefe. Lamentándose de su suerte, se dirigió a la cocina a preparar un té con miel.

Solo entonces la clienta se relajó y, cuando la incomodidad desapareció de su rostro, Oslo pudo ver que estaba agotada y triste. La mujer se hundió en el cómodo sillón dentro del taller, dejando que la tensión saliese de su cuerpo.

—Este es nuestro té de bienvenida, un té con miel. Le hemos añadido un poco de magia que la ayudará a dormir tan pronto lo beba. Mientras descansa, Yaya, nuestro búho asistente, entrará en su subconsciente para analizar sus sueños y ver qué le está causando tantas preocupaciones. Así podremos recomendarle un producto que la ayude a dormir mejor —explicó Oslo con una sonrisa, mientras Yaya llegaba cargando la tetera con sus fuertes garras.

—Últimamente no puedo dormir, ojalá esto me ayude a resolver mis proble… —La mujer cayó en un sueño profundo antes de terminar la frase. Parecía que su ansiedad era tal que la había dejado completamente agotada.

Yaya se preparó para entrar en el mundo de sus sueños, y Oslo tomó su antifaz de búho y se recostó en su asiento. En cuestión de segundos, el alma de Yaya, ataviada con su capa de estrellas, revoloteó hacia el subconsciente de la clienta.

Sus sueños eran un caleidoscopio de colores. Se entremezclaban muchas escenas, pero sus ocupaciones aparecían en varias de ellas. La clienta había comenzado un nuevo trabajo hacía un par de meses. El mes siguiente terminaría su periodo de prueba y se decidiría si entraba en la compañía como empleada fija. Esto le causaba una enorme presión, la cual cargaba sobre sus hombros tanto física como emocionalmente.

Yaya se sorprendía con cada nueva escena, pues en todas ellas la mujer aparecía disculpándose:

«Lo siento mucho, debí haber terminado más rápido…».

«Haré el pago de inmediato, disculpe la tardanza».

«¡Ay! He adjuntado el archivo equivocado, perdón. Aquí está el correcto».

La mujer cometía pequeños errores constantemente y sus superiores no se lo tomaban muy a bien. Era el tipo de persona cuyos nervios se reflejaban en su rostro, y resultaba lamentable verla tan agobiada e incapaz de desarrollar todo su potencial. Al volver a casa, enumeraba en su mente los errores que había cometido en el trabajo y pasaba toda la noche culpándose a sí misma. «¿Cómo podría dejar de cometer tantos errores?», se recriminaba.

Noche tras noche, llamaba a una de sus amigas hasta altas horas de la madrugada para hablarle de lo sucedido aquel día en la empresa, por lo que acababa durmiéndose muy tarde. Cansada, terminaba repitiendo los mismos errores al día siguiente.

Yaya creía que, si la mujer comenzaba a irse a la cama a una hora razonable, podría superar sus dificultades rápidamente, así que salió del mundo de sus sueños. Oslo también se levantó lentamente de su asiento. La mujer se despertó inmediatamente después de que el búho saliese de su subconsciente. Parecía que el estrés era más fuerte que el cansancio, y esto le impedía descansar.

Después de examinar la vitrina un momento, Oslo fue al almacén y salió con una manta estampada con el dibujo de una escoba. La manta, de un tono marrón claro, era suave y acolchada. La escoba aparecía cuando se cepillaba su superficie hacia una dirección; en cambio, cuando se cepillaba en la otra, aparecía un montoncito de tierra brillante de color pardo.

—Le recomiendo esta manta. Cúbrase con ella para dormir, y así barrerá todos los errores de su memoria. Al día siguiente, se despertará renovada. Sin embargo, tenga en cuenta que los errores también son valiosos, así que úsela con cuidado —advirtió Oslo.

La clienta observó la manta con asombro y salió del taller con una gran sonrisa en el rostro, prometiendo usarla con prudencia.

○ ○ ○

—Si la manta está funcionando, ¿cuál es el problema? ¿Vuelve usted a tener dificultades para dormir? —preguntó Oslo, confundido.

—Es solo que... —dudó la clienta, antes de continuar cautelosamente—. Cuando la uso, tal como usted me dijo, todos los errores que cometí durante el día se borran de mi mente. Pero por eso he comenzado a dormir mucho más. Llevo varios días llegando tarde al trabajo, pues caigo en un sueño tan profundo que ni siquiera oigo la alarma. Por la noche uso de nuevo la manta para olvidar el sentimiento de vergüenza que me produce haber llegado tarde y me vuelve a pasar lo mismo al día siguiente. Estoy muy satisfecha con la manta y la he estado usando mucho, pero he venido a preguntarle si tiene algún otro producto que me pueda recomendar para complementar su efecto.

Oslo escuchó la tímida confesión de la clienta. Se alegraba de que no hubiese ningún problema con el objeto que le había vendido, pero le preocupaba que la mujer le hiciese esa petición.

—A menos que sea un caso especial, no recomiendo usar dos productos al mismo tiempo. No es común, pero podría provocar efectos secundarios que empeoren su sueño o podría usted volverse tan dependiente de los objetos que pierda la capacidad de dormir de manera natural —explicó. La mujer asintió con la cabeza al escucharle.

Oslo decidió entrar en el almacén y echar un vistazo a los objetos que tenía allí:

Para aquellos tan atormentados por un amor perdido que no pueden dormir
○ Una lámpara con motivos de flor de cerezo, ni demasiado brillante ni demasiado tenue, para dejar encendida toda la noche

Para aquellos que tienen sueños terribles que ignoran las leyes y la ética
○ Una toalla con motivos de hachas para lavarse la cara al despertar

Para aquellos que se despiertan empapados en sudor frío por la culpa
○ Una relajante infusión de hierbas para beber al despertar

Para aquellos que desean terminar de ver un sueño inconcluso
○ Un gorro de lana teñida de luz de luna

—Creo haber encontrado un objeto que combina perfectamente con la manta. Si los usa al mismo tiempo, podrá dormir tranquila y despertarse a una buena hora —dijo Oslo, entregándole una almohada decorada con la imagen de un recogedor en pálidos colores pastel. Luego añadió—: El recogedor de esta almohada guardará parte de los errores barridos por la manta. Al despertarse, los recuerdos de estos errores seguirán ahí, además de otros sentimientos como la culpa y el autorreproche, por lo cual es posible que sienta un poco más de ansiedad que cuando utilizaba solo la manta. Pero debo pedirle que no ignore los recuerdos que quedan en el recogedor. Vuelva a revisarlos, así podrá ir reduciendo la cantidad de errores que comete, y al final los recuerdos de aquellos errores se desvanecerán de forma natural. Si utiliza la almohada sin prestar atención a lo que queda en el recogedor, este se llenará pronto. Entonces la oportunidad de aprender de sus errores desaparecerá y volverá a verse en un lío.

Oslo realmente esperaba que los objetos pudiesen ayudar a la mujer a adaptarse a su trabajo. Esta recibió la almohada y la pagó con expresión alegre. Preocupado por que pudiese tomarse a la ligera ambos objetos, Oslo le repitió la advertencia.

—No se preocupe. Esta vez tendré mucho cuidado. Bueno, que pase buena noche —se despidió la mujer.

Oslo se quedó sumido en sus pensamientos durante varios minutos y Yaya adivinó el porqué: su propósito no era ganar mucho dinero, sino averiguar las preocupaciones de las personas para así ayudarlas a tener dulces sueños y ser felices, pero a veces llegaban clientes que se empeñaban en cumplir sus deseos egoístas. Uno de esos casos había ocurrido hacía varios años cuando el taller de los dulces sueños acababa de abrir sus puertas.

○ ○ ○

Aquel día, llegó un hombre de expresión ansiosa y aire irritado. Como era costumbre, Yaya preparó un delicioso té con miel y se lo ofreció al cliente.

—¿Té de bienvenida? No voy a beber nada. ¡Quién sabe lo que harán después de drogarme para que me duerma! —gritó el hombre, enfadado.

—Lo siento mucho, pero este es un paso importante. Si confía en nosotros y se relaja, Yaya entrará en sus sueños para averiguar por qué no puede dormir —explicó Oslo con calma, a pesar de haberse asustado por el tono del hombre.

—¿Entrar en mis sueños? ¡Menuda tontería! ¡Eso es imposible! —vociferó aún más el hombre, dándole una patada al asiento.

Oslo intentó ofrecerle más explicaciones, pero, lejos de calmarse, el cliente se enfadó aún más. Finalmente, Oslo no pudo contenerse:

—Si no le gusta cómo funciona nuestro taller, no hay nada que podamos hacer por usted. Lo siento.

La tranquila respuesta de Oslo hizo creer al hombre que lo estaban menospreciando, lo que avivó más su ira.

—¿Acaso me está diciendo que no me va a vender ningún producto? ¡Increíble! Si es así, ¡cierren su negocio! —se quejó el hombre, y continuó exigiendo algo que lo ayudara a dormir.

Oslo y Yaya se mantuvieron amables con él hasta el final. Incapaz de obtener lo que quería, el hombre dio otra patada al asiento, golpeó la pared con un puño y salió del taller dando un portazo.

Yaya luchó por calmar su corazón sobresaltado y se preocupó por Oslo, pensando que estaría más sorprendido y dolido que él. Sin embargo, Oslo parecía tranquilo y recibió al siguiente cliente con su habitual calma.

Al caer la noche, ambos salieron a dar su paseo de siempre. En el camino de regreso, iban comentando lo afortunados que habían sido de que el día hubiese transcurrido sin más incidentes cuando de repente vieron a alguien salir apresuradamente del taller. Sin dudarlo ni un segundo, Yaya extendió sus alas y voló hacia la silueta, con Oslo corriendo detrás de él. Parecía ser el hombre que los había visitado esa mañana. Había robado varios objetos y había huido, dejando todo en un caos total. La vitrina y el almacén, que normalmente reflejaban una luz misteriosa, habían perdido su brillo; la luz de las estrellas, esparcida por todo el suelo, ahora parecía simple polvo; y los sofás y asientos habían sido rasgados con algo afilado.

Yaya estaba enfadado y quería salir volando tras el culpable, pero la preocupación que sentía por Oslo era mayor. El pobre se había quedado como atontado, así que lo guio hasta el sofá y le preparó un té con miel. Oslo se quedó dormido allí mismo y no abrió los ojos durante varias horas.

Mientras Oslo descansaba, Yaya comenzó a ordenar la vitrina. Los objetos misteriosos que Oslo había fabricado y envuelto con tanto esmero y que habían brillado con la luz de la luna ahora estaban desparramados por el suelo. Una ola de tristeza lo invadió al verlo.

Oslo durmió toda la noche sin despertarse ni una sola vez, quizá para ahogar la impresión sufrida, pero a la mañana siguiente se estiró y se levantó para organizar el taller. Hizo una lista de los materiales que necesitaba para fabricar más objetos y comprobó lo que les habían robado. También concedió un descanso a Yaya, que había trabajado duro toda la noche. Después, ambos decidieron cerrar el taller durante una semana para volver a dejarlo todo en orden e instalaron una cerradura más resistente. Un incidente así no debía volver a ocurrir.

Siete días después, nuevos objetos para atraer dulces sueños habían surgido gracias a las hábiles manos de Oslo y el taller volvió a cobrar vida. Justo entonces, el hombre que les había robado apareció en las noticias.

Aparentemente era un estafador que un día había recibido un sobre anónimo con información detallada de las actividades delictivas que había estado llevando a cabo, junto con la amenaza de revelarlo todo. Atormentado por la certeza de que pronto iría a la cárcel, no había podido pegar ojo y comenzó a tomar pastillas para dormir. Al oír hablar del taller de los dulces sueños, decidió visitarlo, pero, como no pudieron ayudarlo, decidió robar varios objetos, que había estado utilizando mientras estaba borracho, sin siquiera saber cuál era su uso correcto. Las noticias decían que el hombre estaba en coma debido a una sobredosis de alcohol y drogas, pero Oslo y Yaya sabían que había sido el uso indiscriminado de los objetos del taller lo que alteró sus sueños y provocó ese terrible desenlace.

Aquellas noticias afectaron a Oslo mucho más que el hecho de que los hubiesen robado. Por mucho que aquel hombre fuera un ladrón y un estafador, se sintió abrumado por la culpa, así que decidió cerrar el taller una buena temporada. Afortunadamente, poco a poco recuperó el ánimo y, después de seis meses, reabrió el taller. Desde entonces recibía a sus clientes con una actitud más madura y firme.

○ ○ ○

Oslo continuaba perdido en sus pensamientos tras el encuentro con la mujer que había venido a pedir un segundo objeto. Yaya se acercó a él en silencio y apoyó la cabeza contra la suya. Sin duda, sus preocupaciones se calmarían con el pasar de la noche.

Antes de irse a dormir, el búho volvió a comprobar que el candado de la entrada estuviese firmemente echado. Al ver que Oslo cerraba poco a poco los ojos, también se dispuso a descansar.

Aquel largo, largo día finalmente había llegado a su fin.

Una salida especial

Última clienta

Aquel día el cielo estaba atravesado por nubes oscuras. Soplaba un viento frío y la temperatura había bajado bruscamente. Oslo echó unos cuantos leños más en la chimenea. Parecía que se avecinaba una tormenta. Quizá fuese por el mal tiempo, pero habían tenido pocos clientes. Después de pasar la tarde sin hacer nada, pensaron que lo mejor era cerrar pronto.

—Hoy sí estoy de acuerdo con eso. ¡Cuando mejore el tiempo seguro que vendrán más clientes! —concedió Yaya, que siempre animaba a Oslo a recibir a alguien más.

Se entreveía el cielo, cada vez más oscuro, a través de las ventanas del taller y, sobre el cristal, se habían formado pequeñas gotas, creadas por la diferencia de temperatura entre el cálido interior y el aire cada vez más frío del exterior. Fue entonces cuando aquello ocurrió.

El cielo se iluminó con un destello y un rayo cayó a lo

lejos. Ahora sí realmente parecía que tendrían una tormenta. Oslo se asomó a la ventana y luego cerró cuidadosamente las cortinas para mantener el calor. Esa misma mañana había quitado las anteriores, hechas de lino transparente, y en su lugar había colocado unas nuevas más gruesas de tela marrón con incrustaciones de pequeñas piedras brillantes. Luego se dirigió a la mesa de trabajo que tenía junto a la vitrina. Yaya, por su parte, salió del taller y cambió el letrero:

Apenas eran las cuatro de la tarde, pero sin sol y con nubes negras por todo el cielo, parecía que ya había caído la noche.

—¿Quieres ver el nuevo objeto en el que estoy trabajando, Yaya?

—¡Claro! ¿Qué estás haciendo? —respondió el búho, volando hasta una percha junto a la mesa de trabajo. Tenía la costumbre de quedarse dormido mientras observaba a Oslo fabricar nuevos objetos para atraer dulces sueños. Incluso siendo un animal nocturno, no podía evitar sentirse somnoliento al verlo trabajar. Yaya pensó que tal vez el efecto mágico de esos objetos se intensificaba debido a que estaban hechos con un espíritu tranquilo y, sobre todo, con el deseo de que los clientes que los comprasen se sintiesen más relajados.

El nuevo objeto que Oslo estaba fabricando era un reloj de arena lunar. No se trataba de un reloj común y corriente para medir el tiempo, sino de uno que aliviaba las preocupaciones. La última vez que habían ido al mercado lunar, Oslo había pasado un buen rato cavilando si comprar una caja llena de arena lunar. La arena parecía a veces clara y cálida como la luz de la luna, y otras veces oscura y fría. Cuando los conejos lunares le entregaron la caja, le había parecido pesada, pero, al regresar al taller y ponerla sobre su mesa de trabajo, la sintió extremadamente ligera. La arena era suave y hermosa, y brillaba como si la luz de la luna se hubiese transferido directamente a ella.

Oslo continuó trabajando en el reloj de arena con ahínco. Primero talló con cuidado la madera que lo contendría, que era del mismo color marrón oscuro que las nuevas cortinas del taller. A continuación, unió dos piezas cóncavas de cristal que brillaban como si estuviesen salpicadas de luz de luna. Lleno de asombro, Yaya era incapaz de despegar la mirada del cristal. «¿Cómo es posible que refleje la luz de la luna de esta forma?», se maravillaba, reprimiendo su curiosidad para no molestar el trabajo de Oslo.

Tras unir las dos piezas de cristal, las encajó en el marco de madera, que había sido pulido y lijado hasta obtener un brillo lustroso. Por último, abrió la parte superior y vertió

la arena lunar. Una vez cerrada la tapa, un aire de paz envolvió a ambos. Los finos granos de arena fluían con delicadeza dentro del reloj.

—¿Para qué sirve? —preguntó Yaya finalmente.

—Es un reloj que aligera el peso de las preocupaciones —dijo Oslo, y le dio una vuelta antes de continuar con su explicación—. Se coloca junto a la almohada y se le da una vuelta antes de dormir. Entonces, se dedica el tiempo que transcurre hasta que cae el último grano de arena en pensar en los problemas del día, ni un momento más. De esta forma, las personas pueden ordenar su mente más rápidamente. Al fin y al cabo, cuanto más profundas son las preocupaciones, más difícil es conciliar el sueño. Además, esta arena es muy especial: al ser lunar, transmite una energía reconfortante y acogedora. Si alguien reflexiona sobre sus preocupaciones en este estado de relajación, el tiempo pasará más rápido de lo que se imagina y su mente intranquila podrá calmarse un poco.

A Yaya le pareció que Oslo le estaba hablando en un idioma desconocido, pero decidió resolver sus dudas más adelante cuando algún cliente se llevara el reloj.

Justo en el momento en que Oslo estaba dando los toques finales al aparato y los grandes ojos de Yaya comenzaban a adormilarse, alguien llamó de repente a la puerta del taller.

—¡Tiene correo! —gritó el cartero, que llevaba muchos años trabajando en ese barrio—. Disculpe por venir a esta hora. La carta viene marcada como urgente, así que pensé que era mejor entregarla hoy mismo. He llamado a la puerta en parte para dársela directamente y también para saludarle, ya que no coincidimos desde hace bastante tiempo. Veo que hoy no ha abierto.

—Ha hecho un tiempo horrible, así que cerramos un poco antes de lo habitual. Gracias por venir, ha debido de ser difícil con esta lluvia —dijo Oslo.

Mientras tanto, Yaya voló velozmente a la cocina y regresó con un vaso de zumo de naranja para el cartero.

—¡Muchas gracias, Yaya! Lo necesitaba —respondió el hombre, agradecido.

Después de que el cartero se marchase, Oslo y Yaya centraron su atención en la carta.

—¿Qué será para que lo hayan marcado como urgente?

—No sé, pero ¡abrámoslo rápido!

○ ○ ○

Hola. Mi nombre es Kim Suhyun. Quisiera visitar el taller de los dulces sueños en persona, pero las circunstancias me lo impiden. No he dormido bien durante días, mejor dicho, durante semanas, y ya no soy yo misma. Justo cuando mi cuerpo y mi mente no daban más de sí, oí hablar de su taller. Pensé en llamar por teléfono, pero no me atreví, así que en su lugar le escribo esta carta. Pero preferiría comentarle mi situación en persona. Le escribo pidiéndole encarecidamente que venga a verme. Si le parece bien, póngase en contacto conmigo a través del número que le indico a continuación.

Atentamente,

KIM SUHYUN

○ ○ ○

Al terminar de leer, Oslo y Yaya intercambiaron miradas. Estaba claro que la clienta se encontraba en una situación difícil. Los ojos de ambos brillaron. Aquella carta dio lugar al primer viaje de negocios del taller de los dulces sueños…

Nota de la autora

Mientras escribía esta historia, estuve en el taller de los dulces sueños con Oslo y Yaya, y junto a ellos fui llenando los espacios vacíos de mi corazón. Tal vez todo lo que he dejado escrito en estas páginas no sea más que aquellas cosas a las que deseaba y necesitaba dar forma.

Recuerdo muy bien una noche en la que fui incapaz de conciliar el sueño incluso después de haber tenido un día largo y agotador. No dejaba de pensar en mis problemas y solo cuando el sol empezaba a salir mis párpados por fin cedieron al cansancio. Entonces tuve varias pesadillas seguidas en las que mis preocupaciones se repetían como un eco insistente. Al despertar, deseé que alguien más pudiera ser testigo del mundo que habita dentro de mis sueños, y que existieran objetos encantados para ayudarnos a aliviar nuestras preocupaciones. Así nacieron el taller de los dulces sueños, Oslo y Yaya.

Mi intención era que pudieran ser un refugio para quienes no logran dormir, atormentados por distintas circunstancias. Se me ocurrió que, si pudiéramos echar un vistazo a los sueños de los demás, podríamos comprender más sobre ellos de lo que las palabras, por sí solas, pueden expresar.

Esta es una novela para hojear cuando las inquietudes no te dejan dormir. Espero que el simple hecho de recordar que estas páginas albergan al taller de los sueños te brinde un poco de paz. Aspiro a ser una autora que escribe historias dulces que acompañan y reconfortan a los lectores.

Mi amor es enorme e infinito como un hogar, y quisiera decirle a mi familia cuánto la amo una y otra vez, aunque me cueste expresarlo. Al fin y al cabo, es el amor de quienes te rodean el que te mantiene a flote cuando te encuentras a la deriva en medio de un mar agitado.

Por último, me gustaría expresar mi gratitud a los lectores como tú que han compartido su calidez conmigo. Has llegado a la última página de este libro, pero, si lo deseas, puedes regresar al taller de los sueños en cualquier momento y lugar, puesto que en algún rincón de tu corazón seguramente ya se haya esparcido una suave luz de luna. Y, si no sabes cómo encontrar el taller, no te preocupes: Yaya, el búho que vuela a través de los sueños, irá a tu encuentro.

Invierno de 2024
PARK CHO-EUN